'AMORES FATAIS'

LARISSA PRADO · DEBORAH HAPP · FABIANA FERRAZ · LARISSA BRASIL

'AMORES FATAIS'

LARISSA PRADO · DEBORAH HAPP · FABIANA FERRAZ · LARISSA BRASIL

1ª edição

Porto Alegre
2022

Copyright ©2022 Deborah Happ, Fabiana Ferraz, Larissa Brasil e Larissa Prado.

Todos os direitos desta edição reservados à AVEC Editora.

Nenhuma parte desta publicação poderá ser reproduzida por meios mecânicos, eletrônicos ou em cópia reprográfica, sem a autorização prévia da editora.

Editor: Artur Vecchi
Organização: Cesar Alcázar
Diagramação: Bethânia Helder
Foto: Antônio Mainieri da Cunha Pinto
Revisão: Gabriela Coiradas

Dados nternacionais de catalogação na Publicação (CP)
(Câmara Brasileira do Livro, SP, Brasil)

A 524
Amores fatais / organizado por César Alcázar. – Porto Alegre: Avec, 2022. -- (Seara vermelha)
Vários autores.

ISBN 978-85-5447-107-1
1.Ficção brasileira 2. Antologias I. Alcázar, César II. Série

CDD 869.93

Índice para catálogo sistemático:
1.Ficção : Literatura brasileira 869.93

1ª edição, 2022
Impresso no Brasil/ Printed in Brazil

AVEC Editora
Caixa Postal 7501
CEP 90430-970 – Porto Alegre – RS
contato@aveceditora.com.br
www.aveceditora.com.br
Twitter: @aveceditora
Instagram: /aveceditora
Facebook: /aveceditora

SUMÁRIO

O ÚLTIMO ROMÂNTICO..................9

AREIA MOVEDIÇA..................25

BRIGITTE..................43

ANA NÃO VEM MAIS..................69

O ÚLTIMO ROMÂNTICO
FABIANA FERRAZ

Fabiana Ferraz é moderadora do Clube de Escrita de Sorocaba. Suas principais influências são escritoras como Shirley Jackson e Lygia Bojunga. Sua escrita é densa e caótica, ao mesmo tempo em que questiona os códigos sociais.

Tirei o isqueiro do bolso, louco para acender um cigarro, e não demorou para que a garçonete indicasse a placa de "proibido fumar" pendurada na parede. Contrariado, restou-me voltar a brincar com os saquinhos de adoçante sobre a mesa.

Na televisão do bar, passava um seriado japonês, os urros ferozes dos monstros de borracha eram suprimidos pela música alta e a conversa que me cercava.

— Entediado? — O sorriso de dentes amarelados me surpreendeu. A Velha sabia realmente entrar e sair de cena sem ser notada. Apesar do olhar cínico, suas mãos moviam-se nervosas para esconder um leve tremor, seria a falta de nicotina?

Concordei balançando a cabeça.

Ela abriu a bolsinha de moedas com algumas miçangas faltantes e tirou algo de lá. Sem cerimônia, deslizou o papel sobre o tampo da mesa na minha direção. Desdobrei devagar, saboreando aquele momento. Um nome rabiscado em papel de presente cafona. Era o que eu precisava.

— O "de sempre"? — Queimei o recado com o isqueiro.

Foi a vez dela de concordar com um simples meneio de cabeça.

Levantei-me e fui pagar a conta, sem me preocupar com despedidas. Deixei um trocado para a garçonete, que sorriu quase sem vida. Apesar da grana extra, estava mais concentrada em secar o balcão do boteco e fingir que fazia algo útil. Talvez assim ninguém percebesse que ela odiava estar ali.

A garoa me saudou assim que cheguei à rua. Era noite e o centro cidade estava quase vazio. Como companhia noturna, havia apenas os mendigos, fazendo fila para o sopão da caridade, e as prostitutas.

Caminhei sem medo de me molhar. Olhei para o alto a tempo de ver a lua minguante entre as nuvens, disputando o céu da noite com as antenas redondas no alto dos prédios. Até ela estava se recolhendo, procurando abrigo entre as sombras. Qualquer pessoa sensata deveria fazer o mesmo. Felizmente, eu não era assim.

Se eu tivesse ao menos uma gota de sensatez nas veias, não estaria ali, desviando-me de silhuetas esqueléticas que seguiam mudas em direção ao Salvador. Não, eu não estava falando do Messias, e sim do traficante de rosto encovado e cabelos longos e oleosos sentado no centro da praça.

Já estava tão acostumado com aquela missa soturna que não me comovia. À frente, uma placa com tintas vermelhas anunciava mulheres bonitas como mercadorias, enquanto na esquina, um cinema fechado há mais de dez anos seguia com o letreiro da última atração.

Virei e me deparei com pessoas conversando à surdina; não era preciso de muito para entender que ali rolava uma negociação complicada. Os olhos atentos me encaravam de volta: eu era um invasor, um ser estranho naquele território. Mantive os passos firmes, não era o momento de demonstrar fraqueza.

Ali, sob a cobertura suja da loja brega, ela puxava a saia curta para baixo, um jogo de esconde e mostra. De vez em quando, olhava por cima dos ombros, ensaiava uma caminhada e depois encarava a rua, atenta ao primeiro veículo que parasse por ali. Não fiquei parado na calçada, só diminuí os passos, me aproximando da presa astuta que colocou as mãos na cintura. Observei cada centímetro da carne exposta que desfilava pela calçada forrada pelo dourado das bitucas de cigarro e me encostei na porta de aço da loja, exalando fumaça e saboreando o gosto da canela.

Ante o meu silêncio, a mulher estalou a língua.

— Besteira ficar só olhando quando pode tocar também, se pagar antes... — disse a moça com as mãos na cintura.

— Ficar só olhando nem é tão ruim assim. — Deixei-a de lado, fingi interesse na rua pouco movimentada.

— Então olha só de longe pra não espantar os clientes. — Os penduricalhos das suas pulseiras chacoalharam como guizo de cobra peçonhenta prestes a dar o bote.

Segurei a risada e joguei a isca.

— Também tava procurando uma pessoa.

Os sons do guizo. Com o canto dos olhos, a vi cruzar os braços, uma expressão carrancuda no rosto.

— Aqui não tem X9 dedo-duro. Sabe como é, quem fala demais acaba com a boca cheia de formiga. — Ela falou por fim, recitando a lei da rua.

Amassei a bituca com o bico do sapato.

— É justo — respondi. — Também detesto quando se metem nas minhas coisas, entretanto, isso pode atrasar o meu lado. — Enfiei as mãos nos bolsos, rendido. — A noite tá morta, que tal dar uma volta, tomar um café?

A mulher olhou sobre os ombros e depois riu. Quantos convites daqueles ela havia recebido? Quantas pequenas gentilezas lhe foram negadas?

— Café? — repetiu. Dessa vez era ela quem me examinava. Será que procurava uma ameaça ou um ponto fraco?

— Café — confirmei.

Dei os primeiros passos e ela me seguiu. Caminhamos pelas calçadas cheias de lixo. O cheiro de comida estragada se misturava aos excrementos que se desprendiam das roupas sujas descartadas e cabanas de papelão rentes às paredes dos prédios.

Segurei o cotovelo da minha companheira, ajudando-a a desviar de um buraco na calçada. Não queria que ela torcesse o pé ou o enfiasse dentro daquelas poças de lama com bitucas de cigarro.

Sentamos nas banquetas do boteco do Seu Manoel. Pedi dois cafés pretos e deixei que ela escolhesse um dos salgados requentados na estufa. Paguei e incluí uma gorjeta para o meu atendente favorito.

— Você sai pagando café pras putas que encontra no meio da rua, sem nem ao menos dizer o seu nome? — A mulher tentou tirar apenas uma folha de guardanapo, mas acabou arrancando um chumaço de papel, que largou pelo balcão após limpar a gordura dos dedos e dos lábios grossos.

— Não, a questão é que gostei de você e estava me sentindo sozinho, queria alguém para conversar.

— Besteira.

— É sério.

— Tu é brocha?

— Não. — Quase engasguei com o café, não pela ideia, mas pela maneira como ela tentava arrancar algo de mim, a mesma sutileza de um alicate.

— Tá é querendo me passar uma conversa, isso sim.

— Ela colocou as mãos sobre o colo, agarrando com força a pequena bolsa, como se a vida estivesse guardada dentro daquela imitação de couro bem vagabunda.

— E seu estiver? — provoquei.

— Pode tirar sua égua da garoa, meu filho, não caio nessa.

— Mas aceitou o café.

— Porque eu tava com fome e de saco cheio. A noite tá ruim, domingo é sempre o pior dia, sabe? É mais difícil pros homens saírem de casa. Missa, almoço e janta na casa da sogra, essas coisas.

— Quer ir pra minha casa?

— Não atendo na casa de cliente, só tem maluco nessa cidade. Tem um hotelzinho bom lá atrás e me dão comissão pelo quarto alugado.

— É limpo?

Demorou para fazer que sim com a cabeça. Esperei que terminasse o salgado e saímos. O hotel era mesmo perto. O recepcionista mal se moveu atrás do vidro grosso. Ele esperou o fim do capítulo da novela antes de nos dar atenção. Sorriu para a puta e passou a chave pela abertura estreita. Não pediu os documentos, voltou-se para a televisão meio morto, meio hipnotizado em seu cubículo à prova de tragédias.

Acertamos o preço e tudo o que estava incluído na quantia módica. Ela tirou a roupa sem pudor e havia sensualidade naquele gesto despretensioso. Estava confortável consigo mesma; nua, ela podia assumir sua real personalidade. Livre. Movia-se silenciosa entre as sombras do quarto apertado, se eu fechasse os olhos, ouviria apenas o som do seu guizo enquanto abria minha roupa.

Rendi-me a segunda vez naquela noite. Tonto pelo aroma de colônia barata, suor e mofo. As roupas ficaram espalhadas pelo chão, amontoadas e misturadas feito nossos corpos enquanto o colchão velho rangia sem parar.

As pás empoeiradas do ventilador de teto moviam-se desengonçadas, quase pendentes – talvez elas pudessem cair sobre nós a qualquer momento, era como brincar com a morte sobre nossas cabeças úmidas de suor. Ignoramos os avisos espalhados pelas paredes amareladas e acendemos cigarros de menta.

Ela se espreguiçou toda antes de espalhar cinzas sobre as embalagens de camisinha.

— Vou tomar banho — disse como se precisasse me dar satisfação antes de bater a porta.

Gastou toda a água quente.

Antes de ir embora, dei uns trocados a mais para que encerrasse a noite, mas naquele horário não havia ônibus, e motoristas de táxi não pegam putas de rua.

— Você poderia voltar outro dia, da próxima vez, posso fazer um desconto. — Foi o seu jeito de se despedir de mim, sumindo ao dobrar a esquina. Certeza que ficaria zanzando à procura de outro cliente na porta dos bares ou dormiria sentada nos degraus da estação, sono de cachorro sempre alerta.

Voltei duas noites depois. Não abri a boca, agarrei seu pulso cheio de penduricalhos e a levei comigo. Tomamos café preto, ela comeu um enroladinho. Fumamos de novo, sem roupa, no mesmo quarto abafado de hotel, com a morte girando sobre nossas cabeças.

— Na próxima, você poderia me levar pra um samba, tomar uma cerveja — ela falou com a voz abafada pelo

travesseiro.
— Não sei dançar — respondi.
— Eu te ensino. — As unhas compridas brincaram com o pelo do meu peito.
— Não prometo que vou te levar.
— Você fala muitos nãos.
— Não é bem assim.
— Falou de novo.

Eu ri enquanto ela se levantava e começava a recolher as roupas. Fechei os olhos e pelo som dos guizos conseguia saber se estava perto ou não. Alcancei a bunda redonda de carne firme e apertei. A mulher se voltou para mim fechando o sutiã azul que não combinava com a calcinha cor-de-rosa tão fina e tão pequena que era possível de romper sem esforço.

— Se pagar a cerveja, eu deixo... — A língua passeou pelos lábios cheios, espalhando insinuações pela minha imaginação. —... me beijar na boca.

O samba é uma das poucas instituições democráticas que se mantêm vivas. Todos podem se render a ele, desde o gerente de banco quase incógnito de gravata torta até a catadora de papel girando agarrada a um Corote no meio da rua. Nossos corpos suados se esfregaram durante a dança. O vestido curto era pequeno demais para conter as curvas do quadril e as coxas grossas, o tecido barato grudava em seu corpo, revelando o bico dos seios. Ela exalava uma mistura de perfume e sabonete de alfazema.

Uma mulher assim chama tanta atenção que deixa qualquer um invisível ao seu lado. Ela mal notou quando me afastei, cansado daquela alegria caótica. Fiquei apoiado no balcão do bar para vê-la dançar. Os seios volumosos queriam saltar do decote. Ela arfou segurando o cabelo para o alto, se abanando. Virou copo de cerveja, deixando uma gota escorrer pelo queixo e se misturar ao suor. Ela me encarava de volta, chupando a ponta dos dedos temperados pela porção de linguiça e cebola.

— Tá feliz? — perguntei; não, quase gritei para conseguir ser ouvido...

— Tô. — Envolveu minha cintura, apoiando o queixo em meu peito.

— Que bom.

— Me chama de Princesa — pediu, enquanto caminhávamos de mãos dadas pela noite.

— É brega.

— Eu gosto.

— Você é brega, Princesa. ⊠ Ela sorriu e enlaçou o braço ao meu. O samba ficava cada vez mais distante.

— Lembra quando a gente se conheceu? Você disse que tava procurando uma pessoa, depois não falou mais nada, ainda tá precisando de informação? Sabe, né? Na rua as pessoas falam cada coisa. Eu posso te ajudar, se quiser.

Como explicar?

— Já encontrei.

— E não me disse?

— Não. É só um trabalho, um negócio que tô enrolando pra terminar.

— Trabalho estranho.

— O seu também é — tentei encerrar o assunto.

— Nem tanto.

— Então me diga como é deixar que os outros caras montem em você enquanto encara o teto daquele hotel?

— Tá com ciúmes? — Apertou o meu braço.

— E se estiver? — menti.

Princesa balançou a cabeça toda encantada. Todo mundo precisa ouvir uma bobeira dessas de vez em quando, mesmo que seja uma mentira repetida a tantas outras pessoas, beijo após beijo, foda após foda, até terminar aquilo que começou.

— Aham, sei, vou fingir que acredito. — E ela acreditava, de verdade.

— Quando tô lá, naquele quarto, eu fujo.

— Como?

— Fico imaginando desenhos. Igual as pessoas fazem com as nuvens, sabe? Vou juntando as manchas das paredes, cada vez elas parecem uma coisa diferente. Às vezes, eu vejo bicho. Elefante, cavalo, onça, tudo correndo. Outras vezes vejo estrelas, um monte delas, tudo assim, como que fala? Igual na televisão, mas é tipo um sonho, sabe?

Não, eu não sei, mas eu gostaria de saber.

— Cada um trabalha com o que pode. Isso te incomoda? — Princesa continuou. — A gente não tá teno um caso ou algo assim, né? Olha, eu não tenho como ficar firme com alguém, não dá certo, sabe? Não dá.

— A gente não tem um caso.

— Então quem é?

— Quem? — Não era o momento de dar minha resposta.

— Essa pessoa que tá procurando.

— Complicado.

— Tudo é complicado com você.

Ela não estava errada.

— Quer tomar um sorvete?

Princesa se rendeu ao convite e eu precisei me esforçar para encontrar uma padaria decente aberta naquele horário.

Dentro da padaria, havia dois bêbados apoiados no balcão, hipnotizados por um pastor na televisão que pedia tudo, menos a alma dos pecadores, e um vira-lata dormindo sobre um papelão perto do freezer.

— De chocolate branco, que é o mais caro — Prince-

sa exigiu e eu, como um bom súdito leal, obedeci.
Com as sandálias de tiras nas mãos e os lábios lambuzados de sorvete, Princesa se despediu de mim na escada do terminal.
Fiz o caminho contrário ao da massa trabalhadora, que já se acotovelava nas catracas. Meu turno havia encerrado, o deles mal começou. Eu precisava dormir e esquecer toda aquela história de princesas, elefantes e estrelas.
Mal fechei os olhos e o despertador tocou. Eu tinha um encontro.
O excesso de vida nas ruas do centro da cidade atrapalhava meu caminho. Gente pregando, gente pedindo, gente vendendo, gente comprando, gente que não se entende e fala e fala. Fala tanto que ninguém se ouve, ninguém se vê, só existe. Sou um deles. Sou um deles quando me aproximo da banca no meio da praça e pego uma fruta. A Velha não se deu o trabalho de falar. Enfiou os dedos tortos na fruta, arrancando a casca da mexerica e enfiando um gomo na boca. O suco transbordava de sua boca e ela limpou com as costas da mão, espalhando bagaços pelo rosto enrugado, mas os olhos, os olhos continuavam fixos em mim. Ela não estava nos seus melhores humores.

— Se divertindo? — Falou após escarrar no chão da barraca.

— Um pouco. — Roubei um gomo da fruta. Cuspi. Estava azeda.

— De hoje não passa, né?

Ainda com o gosto amargo na boca, respondi:

— Não.

— Essa eu quero ver, preciso testemunhar pra saber se não tô sendo enrolada. Confio em ti e no teu trabalho, mas sabe como é, não confio nem na minha sombra, que me deixa sozinha no escuro. — Deu uma risada rouca, girando o gomo de fruta nas mãos amareladas. — De vez em quando, tem que fazer uma limpeza, tirar uns, colocar outros, é assim que é, assim que é. No mesmo lugar, né? No mesmo lugar de sempre.

Virei de costas, a Velha não estava mentindo. Ela gargalhou, a voz arranhou meus ouvidos, gritou por mim em meio ao movimento da praça. Ignorei, mas ela continuou a gritar e gargalhar. Eu sei, eu sei.

A lua estava se renovando, crescendo. Enquanto isso, as ruas continuavam as mesmas. As placas continuavam sujas, os letreiros de neon ainda defeituosos, as marquises feias, e lá estava Princesa lixando as unhas compridas que deixavam marcas em minhas costas.

— Quero te mostrar um lugar — falei. Princesa entrelaçou nossas mãos sem fazer perguntas.

Levei-a até o casarão do centro, meu lugar favorito. A fachada que um dia fora imponente permanecia escondida atrás dos tapumes grafitados. Servia de moradia apenas para pombos e ratos, mas eu gostava daquele lugar. O jardim de plantas mortas tinha um anjo vandalizado sem a metade da cabeça e com apenas uma asa. Era de uma beleza triste, que emanava paz de um jeito que só as coisas antigas conseguem. Talvez eu fosse uma dessas pessoas jovens com alma antiga.

— Entra. — Forcei o tapume.

Princesa não hesitou, afastou um pouco mais a tábua fina e entrou; fiz o mesmo. O cheiro de mofo nos deu as boas-vindas. Ela coçou o nariz, mas não recuou. Pisava com cuidado, se aproximando das colunas, dos detalhes em madeira e ferro. Chamei sua atenção e apontei para o alto.

— É uma abóbada de vidro, acho que é francesa ou coisa assim. — Não sei por que inventei aquela história, no entanto, deu um ar solene ao momento.

Princesa sorriu para o vitral sobre sua cabeça; apesar

da sujeira e do vidro quebrado, ainda era possível ver as estrelas no teto. Ela andou devagar pelo piso de mármore que um dia fora brilhante, forrado de folhas secas e restos de animais mortos. Ela rodopiou com os braços abertos, sorrindo em direção às estrelas e esticando os dedos para tentar tocá-las.

— Gostou?
— É lindo. O que que tá escrito ali? *Per asper...*
— *Per aspera ad astra*. Através das dificuldades até as estrelas. — Vi em um filme ou em outro lugar, é incrível a quantidade de coisa besta que a gente guarda na memória.

— *Per aspera ad astra* — ela repetiu baixinho até se acostumar com as palavras na própria boca. Talvez já estivesse gravando aquela frase, letra por letra, para tatuar em seu corpo.

Princesa continuou a girar, maravilhada pelo céu de vidro estrelado. Levei a mão até minha cintura, senti o frio do metal na ponta dos dedos. Princesa dançava solitária em seu baile, encontrei o gatilho. Princesa me encarou apaixonada. As pessoas não deveriam confiar nas sombras. A arma disparou.

As pombas assustadas saíram em revoada.

O sorriso de Princesa morreu. Seu rosto era de uma expressão fria, estática.

O cheiro de pólvora. A poça de sangue escuro escorria pelo mármore sujo.

O corpo da Velha caído. Eu odiava aquela Velha e seu jeito de entrar e sair sem ser notada, sempre escondida atrás das pilastras.

AREIA MOVEDIÇA
LARISSA BRASIL

Larissa Brasil é escritora de suspense e vive com seu marido em Goiânia, cercada de plantas. Ganhadora de três prêmios ABERST: Autor Revelação (2018), Melhor Livro de Suspense (2020) e Melhor Narrativa Curta de Suspense (2021).

"Um olho cego vagueia procurando por um"
Zé Ramalho

— Então é natal, e o que você fez?
Jorge cantarola enquanto dirige pela estradinha de areia.
E o que você fez?
Parte da música fica presa na mente. 365 dias. Um ano se passou e é mais fácil listar o que não fiz. Não fui uma boa menina. Não dei o melhor de mim. Nem fui uma boa policial, que, em geral, é o que faço de melhor. Sou uma péssima música natalina que as pessoas toleram só por causa da época do ano.
Eu me afasto, desligo desse espaço apertado que divido com ele. Mergulho no borrão de árvores escuras que

passam por mim. A vontade de mandá-lo à merda fermenta e embrulha meu estômago. Pondero entre vomitá-la ou não. Engulo a pretensão com um pouco de água que resta na minha garrafa. Maldita hora que resolvi aceitar um plantão que nem era meu, poderia estar em casa, só eu, minha cachorra e um prato de carbonara.

Fixo-me na Serra das Areias, que aparece sombria ao nosso redor. Esfrego os olhos, querendo que a realidade desapareça diante deles. Em vez disso, pequenas lembranças de antigos natais refletem no vidro embaçado pela chuva. Tempos em que minha avó e Saulo eram vivos, e eu tinha planos e me movia para a frente. Agora, sou como essa serra, ora sou inteira, ora sou carregada pelo vento e desapareço por completo.

O carro derrapa numa curva fechada e eu volto para mim.

— Presta atenção, Jorge. Está chovendo demais.
— Não gosta de Natal, Nanda?
— Nada contra – minto, e logo emendo: —, mas até quem gosta odeia essa música.

Ele levanta os ombros.

A luminosidade à frente indica que estamos chegando. Minutos depois, avistamos um estabelecimento chamado "Areia Movediça". *Lugar perfeito para se enterrar na véspera de Natal!* A luz vermelha faz um arco cor de rosa na fachada azul do local. Pulo do carro antes que Jorge estacione a caminhonete. Ajeito a blusa e puxo a calça *jeans* que está frouxa na cintura. Apesar da chuvinha fina, o calor abafado prevalece. Minhas mãos abalam a estrutura frágil da porta, as dobradiças chiam antes do homenzarrão aparecer por detrás dela.

— Boa noite. Inspetora Nanda Noronha.

Levanto o distintivo pendurado no pescoço e coloco no campo de visão do cara. Jorge chega ao meu lado.

— Agente Jorge Rocha, boa noite – ele diz.
— Saiam da chuva. Sou Arthur Valadão, segurança daqui.

Ele escancara a porta e faz sinal com a mão para segui-lo. O corredor mal-iluminado parece se fechar sobre mim. *O que você fez?* No salão, o cheiro de comida, cigarro e sexo forma um odor peculiar e indigesto. O espaço não é grande. Palco e bar, uma árvore de Natal que pisca colorida e solitária, restos mortais do que parece ser uma ceia natalina sobre a mesa e um *Rudolph* com uma luz vermelha piscante no pênis em vez do nariz.

Ho! Ho! Ho!

— Nanda, pegue o depoimento da dona do estabelecimento. Vou dar uma olhada por aqui – Jorge instrui.

Concordo com a cabeça. Ele segue para o fundo do bordel. Bato na porta em que está escrito "Administração". Uma voz esganiçada desponta cômodo afora, me dizendo para entrar.

— Inspetora Nanda Noronha. Boa noite. A senhora é a responsável?

— Sim, sou a dona do estabelecimento. Meu nome é Sybel.

Ela fuma uma cigarrilha e usa bastante maquiagem para esconder a idade. Na blusa, um desenho do Papai e Mamãe Noel em várias posições picantes dá o toque final no visual.

É impossível esquecer que é Natal!

— Quantas mulheres a senhora tem na casa?
— Seis... quero dizer, agora cinco meninas no total.
— Onde elas estão?
— Elas estão muito assustadas, então pedi que ficassem nos quartos. Natal e Ano-Novo são as melhores épocas do ano para mim, estou atolada em dívidas e... – A mulher se dá conta que fala demais e um sorriso forçado e

amarelo aparece nos lábios cheios de preenchimento. Ela emenda: — mas ainda estou viva né? Já a pobre Sabrina...
A mulher não parece nem um pouco abalada.
— Qual foi a última vez que a viu com vida?
— Umas cinco da tarde. Ela tomou café com as outras meninas.
— Percebeu algo anormal?
— Não.
— Como era Sabrina? Família, amigas, namorados, desafetos?
— Falava pouco, não tinha rompantes, boa de negociação. Trouxe muito movimento ao Areia Movediça. Bárbara andava mais com ela, eram como irmãs. Ela não tinha namorados nem desafetos, mas, hoje em dia, vai saber. Nunca soube de família.
— A que horas o estabelecimento abre?
— À meia-noite.
— Quem descobriu o corpo? E a que horas?
Sybel ajeita o cabelo. A mulher dá uma pitada, solta a fumaça em minha direção. A vontade de fazê-la engolir a piteira cruza a minha mente.
— A ceia foi servida às dez, mas ela não desceu. Guardei um prato e subi umas 22:30. Bati na porta e nada, um silêncio estranho. Peguei as chaves reservas e...
— E?
— É melhor ver com seus próprios olhos.
A mulher levanta e pede que eu a siga. Encontro Jorge do lado de fora.
— E aí?
— Achou o corpo às 22:30. Não tinha namorados nem desafetos e foi vista a última vez às cinco da tarde.
— Nada de anormal. A chuva apagou os vestígios de carro ou pegadas – ele diz, irritado.
— Com esse tempo, o assassino já deve estar longe.

— Verdade, aqui é muito isolado. Se seguiu para a serra, pode esquecer.
A mulher limpa a garganta, nos lembrando de que está ali.
— Sybel é a dona do estabelecimento. — Aponto para a mulher.
— Boa noite. Inspetor Jorge. — Ele a cumprimenta.
— Ela vai nos levar até a cena do crime. E a Científica?
Ele se vira para mim e me informa:
— Já está a caminho.
Sybel vai na frente, a escada é estreita e geme enquanto subimos, o que combina perfeitamente com o lugar. Sou puro suor: mãos, axilas, costas. Amarro meus cabelos, porém não consigo prender a inquietação no peito. Minhas têmporas latejam. Deslizo os dedos pela parede áspera para me acalmar. *O que você fez?* A maldita música me intimida e aperta o dedo na ferida.
Caminhamos até uma porta rosa, a primeira do corredor. Ela a destranca.
— Bom, inspetores, se precisarem de mim, estarei na administração — ela diz, nervosa, e se afasta com rapidez.
— Só um momento, Sybel — Jorge diz, parando a mulher. — Nanda, vou falar com as outras garotas e...
— Não vai entrar comigo?
— Você é a melhor policial em cena do crime que conheço. — Ele olha para o relógio. — Melhor agilizarmos, quero comer um pedaço de peru hoje, antes que amanheça — ele diz.
— Meu Deus, Jorge.
Ele sorri e pisca para mim. Bufo, a irritação me corroendo pelas beiradas.
— Sybel, quero falar com as outras garotas, pode me acompanhar? — Ele conduz a mulher em direção aos ou-

tros cômodos, a voz firme e grossa soa mais como uma ordem direta.

Seco minhas mãos na calça *jeans* e, ainda assim, tenho dificuldades para colocar as luvas. Entro no quarto e paro, de supetão, como uma corda que estica demais e te puxa para trás. Esperava por algo trágico, a maioria de crimes envolvendo bordéis são passionais e regados a muito líquido vermelho. Porém, a cena se assemelha a um culto.

Sabrina está deitada na cama, nua. A trança bem-feita vermelha desce até a cintura. Ela tem uma coroa de folhas no cabelo e brilho nos lábios. Os olhos e boca estão fechados e as mãos, cruzadas em cima da barriga, como se ela tivesse acabado de dormir. A cama da mulher tem lençóis brancos, impecavelmente estendidos, e pequenas flores cor-de-rosa ao redor do corpo. Há uma porção de velas pelo quarto.

Chego mais perto.

A dor de cabeça martela nas têmporas. O tom azulado dos pés e das mãos contrasta com a palidez da parte de cima da pele. Aparentemente, não há líquido indicando que houve ejaculação, nem fezes ou urina, o que é estranho. *Parece que alguém a limpou!* Observo as dobras de braços, pernas e dedos das mãos e pés, à procura de picadas de agulhas. Não há cortes, nem machucados, nada que indique uma luta ou sexo, ou, o mais importante, a causa da morte.

Sabrina parece dormir.

Na mesinha de cabeceira, há uma folha de papel dobrada com um ramo verde por cima. Pego a planta e as folhinhas se contraem para o caule ante ao meu toque, formando quatro lanças verdes. Surpreendo-me. As lembranças desabrocham na mente. Minha avó fazendo chá da folha de Não-Me-Toque para meu irmão, que sofria

com prisão de ventre por causa da porcariada que comia.
— *Por que as folhas se fecham quando toco nelas, vó?*
— *Elas são ariscas, Tuca, como a sua irmã, Nanda, mas estão só se protegendo do que não conhecem.*
— *Arisca quer dizer que ela é uma onça brava?*
Minha avó ri e diz:
— *Exatamente, uma onça bem brava, mas que ama a família mais que tudo.*

A lembrança faz meus lábios se abrirem em um sorriso. Balanço a cabeça, espantando as memórias felizes, e volto minha atenção à cena do crime. No papel, há algo escrito com tinta vermelha:

"Quantos aqui ouvem, os olhos eram de fé. Quantos elementos amam aquela mulher? Quantos homens eram inverno, outros, verão. Outonos caindo secos no solo da minha mão. Gemeram entre cabeças, a ponta do esporão. A folha do Não-Me-Toque e o medo da solidão. Veneno, meu companheiro, desata no cantador e desemboca no primeiro açude do meu amor. É quando o tempo sacode a cabeleira, a trança toda vermelha. Um olho cego vagueia procurando por um...[1]*.*

E apesar do calor do quarto, os pelos dos meu corpo são como as folhas da planta, lanças apontadas para o céu ante a imagem de um olho cego vagando à procura de sua próxima vítima.

— Uau, parece que estou dentro de uma pintura – Jorge diz, escancarando a porta.

Meu coração rebate como um sino descontrolado.

— Puta que pariu, Jorge, que susto!

— Desculpa, Nanda. Não vi que você estava tão

---

[1] "Frevo Mulher", composição de Zé Ramalho lançada em 1979.

imersa.

— Tudo bem.

— Há quanto tempo ela está assim?

Checo o relógio. É meia-noite. *Então é Natal, e o que você fez?* Amaldiçoo a música pela enésima vez. Concentro na cena do crime, no corpo de Sabrina, na letra da música do Zé Ramalho que sempre me deixou inquieta.

— As velas são grossas e estão pela metade e o cheiro forte das flores – pauso e tento colocar os pensamentos em ordem. Emendo: — Alguma das outras mulheres a viu depois das cinco?

— Não, todas disseram que a última vez que viram a Sabrina viva foi no lanche da tarde, por volta das cinco.

— Então presumo que pouco depois das seis.

Ele a examina. Apalpa a mandíbula, o pescoço e mãos.

— O corpo está bastante enrijecido...

— Sim, o *rigor mortis* está acentuado, mas a temperatura do quarto pode mascarar. Só a necropsia pode dizer. Ah! Olha.

Estendo o bilhete para ele, que começa a ler com cara de intrigado.

— É uma letra de música, né?

— Sim, do Zé Ramalho.

— Achei que era uma mulher quem cantava...

— Ficou famosa na voz de Amelinha, mas a canção é dele.

— Caralho, que mórbido, "um olho cego vagueia procurando por um".

Ele arregala os olhos e algo estranho parece me abraçar por trás e faz os pelos da minha nuca se arrepiam.

— Eu não gosto nem de pensar nessa música. Meu avô adorava e sempre que tocava, algo estranho se mexia dentro de mim. Mas, ainda assim, é melhor do que "então é Natal, blábláblá..."

— Você e sua implicância seletiva – ele diz e faz uma careta. Levanto os ombros e mãos mostrando meu desdém pelo comentário. Ele não me confronta e continua: — Olha essa parte, "veneno, meu companheiro, deságua no cantador".

— Sim, parece que foi envenenada, a parte anterior dá uma dica, "A folha do Não-Me-Toque e o medo da solidão". – Canto e mostro a planta. As folhas já estão abertas novamente, encosto nelas e a mágica acontece mais uma vez. — Essa é a folha do Não-Me-Toque, e pelo que me lembro, ela é tóxica se consumida em excesso. Minha avó fazia chá quando estávamos constipados, mas nunca deixou que colocássemos na boca. Apostaria nela para a causa da morte.

— Ela está por todos os cantos.

— E por enquanto, é a nossa única pista.

— A primeira parte da música: gemeram, ponta do esporão. Bem sugestiva e relacionada ao prostíbulo. Está pensando a mesma coisa que eu? – ele questiona.

— Que o assassino é daqui ou teve ajuda de alguém interno?

— Sim, como trazer esse tanto de coisa despercebido?

— Aposto em alguém da casa. Uma mulher, talvez, a trança e o gloss nos lábios, muitos detalhes – digo, e Jorge concorda.

— Bom, precisamos pegar os depoimentos. Estou morrendo de fome – ele finaliza.

— Você só pensa em comida – digo.

Tranco a porta ao sairmos do quarto. A Científica chega após meia hora, um sobe para a cena do crime e o outro investiga os arredores da casa. A energia elétrica vai embora e pegamos formalmente o depoimento das prostitutas, de Arthur e Sybel, além da cozinheira sob a luz dourada de velas. *Que Natal romântico.* No final, troco notas com Jorge.

— Todos falaram a mesma coisa. Sabrina era "come quieto" e a preferida da casa. A cozinheira disse que sumiu um bule e xícaras. Deu falta quando foi fazer o café, ontem à tarde. Achou também folhas na cozinha – ele conta.

— Não-Me-Toque?

— Sim. Uma delas, Myrelle, contou que Sabrina e Bárbara ficaram muito próximas depois que Sabrina a salvou de um cliente, que a machucou gravemente. Mas não trabalhava aqui na época e não sabe dos detalhes – ele explica.

— Sybel não comentou nada disso comigo. E o que Bárbara disse?

— Não falei com ela, ela não foi com você? – Jorge checa suas notas, confuso.

— Jorge, ela seguiu com você.

Antes que ele responda, Pedro, da Científica, nos interpela.

— Inspetor Jorge, alguém arrancou os fusíveis, por isso a luz acabou.

Nós nos entreolhamos. O zum-zum-zum das mulheres na sala aumenta, a cada segundo mais alto.

— Pedro, traga Arthur e Sybel aqui, rápido. Eles estão na Administração.

Ele retorna apenas com Arthur.

— Não achamos a mulher em lugar nenhum – Pedro explica.

Eu me viro para Arthur, a voz revela desespero quando o homenzarrão diz:

— Achei que Sybel estivesse aqui, ela disse que ia beber água...

Eu me aproximo dele e pergunto:

— Arthur, como foi o incidente com Bárbara?

— Que incidente? – Ele parece surpreso e leva um tempo processando a informação.

— Algo envolvendo Bárbara e um cliente.

— Ah, sim! Um ano atrás, um cliente a atacou com uma faca, se não fosse Sabrina, ela estaria morta. Bárbara perdeu o olho direito, ela usa uma prótese.

— Olho Cego! – Jorge e eu falamos ao mesmo tempo.

— Pedro, mantenha todos aqui embaixo – Jorge comanda e, depois, se volta para mim, arma em punho: — Dá a volta na casa enquanto subo.

— Combinado.

Confiro o pente e destravo minha arma, alcanço a lanterna. Ando ao redor da pocilga sem fazer barulho e me embrenho pela vegetação rasteira. As folhas de Não-me-Toque se fecham quando passo. Semelhante à reação de algumas pessoas da delegacia quando ando pelos corredores do lugar.

A areia molhada dificulta a caminhada. O bordel está mergulhado na escuridão. Orbito feito um asteroide prestes a explodir na atmosfera. A angústia me arrebata. *O que você fez? O que você fez?* A areia da serra me abraça e me embala na canção. Um barulho faz com que eu me afaste do sobrado e vá de encontro ao monte arenoso. Luto contra a areia, que quer engolir meus pés.

Areia movediça. Quanto mais se sacode, mais e mais ela te devora, diz a lenda. A verdade é que tenho me debatido, a minha vida se tornou uma areia embebida em água, instável, traiçoeira, prestes a me engolir.

Cadencio minha respiração. Poucos metros adiante, encontro Sybel caída com a garganta aberta, uma faca cravada no peito, entre o Papai e Mamãe Noel eróticos de sua blusa. Ela tem um dos globos oculares arrancado, a órbita extraída jaz na mão da vítima. O olho vazio contempla, disforme.

O surreal paira ao meu lado. *Preciso de algo real para me ancorar nessa areia.* Pego o celular e mando uma mensagem para Jorge.

"Sybel está morta, garganta cortada e o olho direito arrancado. Indo em direção da serra."

Minha intuição me guia. Não é difícil alcançar Bárbara. A impressão é que ela quer que eu a encontre. A mulher está no pé da duna.

— Bárbara, você está presa. Ponhas as mãos na cabeça!

Entoo o mantra policial, mesmo sabendo que vale muito pouco. A gargalhada da mulher ressoa pela serra e é carregada pelo vento, tal qual a areia. Ela se vira, a mão atrás das costas a esconder algo.

— Que pena, inspetora. Não conseguiu salvar Sybel, ou melhor, Jussara, aquela vadia do caralho. Como eu planejei esse dia... Como é mesmo que se diz? – Ela faz cara de pensativa e fala em tom de deboche: — A vingança é um prato que se come frio.

Bárbara revela a arma e a aponta para mim. É uma garrucha, a famosa "dois tiros e uma carreira".

Será que está carregada?

— Abaixa a arma! – Dou um passo à frente. Ela atira contra a areia, bem rente ao meu pé. Paro, surpresa.

A maluca sabe atirar.

— Não estrague o momento, inspetora – ela diz, calma.

A cabeleira da mulher se agita, como na música. Ela enfia o dedo no olho direito e arranca a prótese ocular. O buraco negro me encara, flácido, em desafio.

Olho cego...

O ponto preto no rosto da mulher me absorve, pouco a pouco.

Vagueia...
Tento mantê-la sob a mira do meu revólver.
Procurando por um...
Preciso mantê-la conversando até Jorge chegar. Luto para não ser carregada para esse lugar negro, arenoso e circular que quer me dominar.

— Pra que tanto sangue, Bárbara? Também não gosto de Natais, mas isso não me dá o direito de matar quem achar pela frente.

Ela arreganha os dentes, tento focar no olho bom, porém o cego me caça e me deixa mais e mais desatenta. Desloco-me para lado, sem avançar, e a órbita morta me segue.

— Sei o que *tá* fazendo, inspetora, mas a minha mira continua boa mesmo com um olho só. Pah! Pah!
É somente um pah, agora, minha cara!

— Por que matou Sabrina? Era sua irmã, não? Ou vocês tinham algo a mais? Por que matar quem se ama?

— Não entendeu, inspetora. Será que algum dia vai? Vocês da polícia são cansativos e lentos. Eu me lembro bem. – Ela finge um bocejo e depois sorri.
O que você fez? O que você fez?

— O que você fez?

A pergunta sai quase no ritmo da maldita música. A desatenção me ronda e Jorge não chega. Ela enruga a face ante a minha pergunta estúpida.

— Está bem, vou facilitar o seu trabalho. Eu não a matei, inspetora! Ela só foi primeiro porque eu tinha contas a acertar com Jussara, aquela vaca, vadia, desgraçada! Por ela, eu tinha morrido naquela noite, nas mãos daquele filho da puta, que o inferno o queime por completo. – Ela cospe na areia. — Se não fosse por Sabrina... – E pela primeira vez um sorriso sincero brota nos lábios da mulher enquanto ela conta: — Ela foi a melhor coisa que me aconteceu. Ela estava linda, não estava? Nós planejamos tudo, as flores, as velas, a nossa música. Já era pra gente *tá* juntas, se não fosse por você.

— Quer que eu acredite nisso, Bárbara? – insisto em um tom calmo, mas as palavras saem mais como um apelo, súplica, reza.

— Não, inspetora. Eu quero mesmo é que você se foda!

Pah!

Ela atira em mim. Porém, o olho cego me acerta primeiro, em cheio. Sou sugada por aquele pequeno círculo mortiço e me perco em seu pouco espaço arredondado e sombrio. A bala atinge meu ombro. Fogo na pele, como se alguém me marcasse a ferro em brasa. Um grito escala goela afora enquanto pressiono o ferimento. Caio na areia. O vento lambe meu rosto, a areia passa por mim, milhares de pequenos grãos a me saudar ou, talvez, me enterrar?

Vou morrer aqui.

Ouço tiros ou será que estou sonhando?

Jorge!

Ele dispara contra ela, certeiro. Bárbara tomba na minha frente, boca escancarada, a sorrir. Um olho sem vida e o outro, negro, fixo em mim. Eu tento correr, mas não consigo. A areia movediça me abocanha e me leva para um lugar em que não há luz, só a escuridão fosca ao redor e o olho cego que vaga na minha direção.

O que você fez?

Para minha irmã Lorena, te amo.

BRIGITTE
LARISSA PRADO

Larissa Prado é natural de Goiânia, formada em História e apaixonada por Literatura. A sua escrita é influenciada pelo absurdo da existência humana. Ganhou o prêmio ABERST, em 2019, na categoria Autor(a) Revelação, e em 2021, na categoria Narrativa Curta de Suspense.

1

Quando se olhou no espelho, Brigitte viu qualquer coisa menos ela mesma. Os olhos marcados por linhas de expressão cintilavam o verde desgastado, e os cabelos grisalhos não tinham o mesmo brilho de antes. A imagem a impactava.

Ela retirou as camadas de maquiagem do rosto, revelando outras rugas. Cascatas de pele flácida denunciavam que o tempo sempre estivera contra ela. Nada do que antes fora firme parecia o mesmo. Os lábios resumiam-se a uma linha fina que o batom tentava aumentar.

Brigitte acabara de voltar do Teatro Quixote, depois do fiasco que foi seu teste para o papel principal. Disseram no anúncio que procuravam mulheres apaixonadas por dramaturgia, mas, ao chegar lá, descobriu que a preferência era por garotas na faixa etária dos 20 aos 25 anos.

Por que não especificaram no anúncio? Assim, não teria se prestado ao ridículo, pensava Brigitte, que completara 60 no último mês.

A recusa do papel não foi o que a fez encarar o espelho, estranhando-se. Mas, sim, a forma com que o rapaz responsável pelo elenco abordou-a no saguão do teatro enquanto aguardava o resultado da entrevista. Esperançosa, quando ele se aproximou segurando uma prancheta e com ares de ocupado, acreditou que marcariam seu teste.

— Sinto muito, Brigitte, mas estamos procurando uma mulher mais jovem para o papel. Vi na ficha que você fez grande sucesso na sua época. Estrelou filmes como o "Pássaro sem asas" e interpretou a icônica fora-da-lei "Angel Judith" nos anos 80.

"Na sua época"?

Brigitte ruminou a expressão durante o trajeto de volta para o apartamento. Sentindo-se como um objeto ultrapassado e sem uso que, em um passado distante, foi recorde de vendas. Se a sua época tinha passado, o que ela faria agora? Atuar fazia parte do ar que respirava, não sabia o que fazer além disso.

Podia tentar produzir suas próprias peças, ficar nos bastidores. Podia muito bem fazer isso, mas Brigitte nascera para estar sob os holofotes.

Ela tirou os brincos e pulseiras, sentou-se na poltrona ao lado da cama de dossel e encarou um álbum antigo que ficava na sua cabeceira, disputando lugar com a foto de casamento do filho, Leon. Como de costume, ela começou a virar as páginas e observar os registros de sua carreira.

Purpurina saltou aos olhos, de cada página virada desprendiam-se faíscas de luz. Ouviu ao longe o som de aplausos, os olhos marejados das matronas nas primeiras fileiras. A cobiça, a admiração e o encanto. Tudo o que a plateia enxergava nela quando estava sobre um palco. Aos poucos, o álbum deu lugar aos registros do casamento conturbado com Paul, outra estrela que tentou brilhar no mesmo universo que o dela. Paul tinha uma beleza helenística. Era um galã na época, mas não passava de mais um rosto bonito com pouco talento.

Foi por seu sorriso fácil e olhos castanhos brilhantes que ela se apaixonou, mas quando isso desaparecia embaixo da agressividade das drogas, Brigitte não sabia ao certo por que continuava ao seu lado. Por que aceitara o anel de noivado, por que escondia os hematomas com *blush* e por que engravidara. Não era Paul que amava, era apenas o seu sorriso, que descobrira, anos depois, ser falso. Foi ele quem a arrastou para o mundo dos entorpecentes.

Tudo parecia divertido no início, o *glamour* era viciante. O cheiro do champanhe, dos perfumes caros, da nicotina que engolfava as festas. Continuou virando as páginas e viu-se sozinha com um bebê no colo, fraco para idade, olhos assustadiços. Brigitte deslizou a mão pela foto, tinha 21 anos, apesar de aparentar dez anos a mais. Era o cansaço. Paul morreu vítima de overdose no último mês da gravidez, Brigitte estava tão alcoolizada que não conseguiu ajudá-lo. Quando despertou, no meio da madrugada, estava deitada junto ao cadáver do marido.

A vida tornou-se uma sequência de redemoinhos que a arrastavam para longe de si mesma. Fechou o álbum, a última foto era aquela com Leon no colo. Depois, as páginas ficaram em branco.

Não percebeu o tempo passar. Era assim sempre que mergulhava no passado, tudo em volta perdia a textura. Ela se transportava de novo para os 18 anos. Duas batidas na porta trouxeram-na de volta. Brigitte olhou em volta, como um sonâmbulo que acaba de acordar. Viu a tarde nublada pela janela do apartamento, a samambaia ressecada pendurada na varanda balançava devagar. O vento que soprava anunciava chuva no fim do dia.

Brigitte arrastou os pés até a porta, sem se preocupar em conferir quem era. Abriu a porta deixando a corrente da tranca separá-la da visita. Os olhos exaustos e borrados de lágrimas encararam pela fresta a garota parada. Diferente de Brigitte, Angelique estava com um belo sorriso nos lábios.

2

As unhas de esmalte vermelho descascado tamborilavam na superfície da mesa. Brigitte não prestava atenção no que ela falava.

— Dizem que quando uma águia alcança certa idade, ela se isola no topo de uma montanha para arrancar as próprias garras e esfolar o bico.

As unhas cravaram na palma da mão, a voz de Angelique tornara-se um eco distante. Ela tinha voz de narradora de radionovela.

— Fazem isso para se renovar e viverem mais tempo. Já parou para pensar nisso? Elas sabem quando precisam se livrar do bico e garras gastos. Sabem que precisam se livrar deles para viverem mais tempo, mesmo que seja extremamente doloroso.

— Não sabem — Brigitte finalmente falou, a voz saiu pastosa. — Elas sentem. É instinto, não é inteligência racional.

O cheiro da cerveja deixava seu estômago nauseado, mas não conseguia parar.

— E por que diabos estamos falando do hábito de águias?

Angelique virou os olhos, circundados pela maquiagem pesada, e encarou Brigitte.

— Por que não falar nelas?
Brigitte cruzara a linha do próprio limite para a bebida. Não podia continuar assim, saindo toda noite com Angelique para beber. Sentia pontadas no abdômen e convenceu-se de que o problema no fígado estava voltando, a julgar por sua aparência amarelada. Ela era um tipo de amizade tóxica e a fazia sentir-se mal na maior parte do tempo.
— Vamos para casa?
Brigitte observou a forma como os lábios carnudos da garota moviam-se. A boca contornada por um tom mais forte. *"Para parecer maior do que é"*, pensou e sentiu o estômago revirar.
— Você vai para seu apartamento e eu para o meu.
— Por quê?
Angelique tinha o hábito insuportável de perguntar os porquês de tudo.
Brigitte levantou em passos trôpegos e foi direto para o caixa. A comanda erguida para o rapaz do outro lado. Todos a conheciam no bar, quando virava as costas chamavam-na de "a velha pé-de-cana". Ela sempre ia embora cambaleando, mas com a leveza da bailarina que fora na juventude.
— Consegue ir para casa, senhora? Quer que chame um táxi?
O rapaz atrás do acrílico demonstrou preocupação genuína, era novato ali.
Brigitte acenou dispensando a ajuda e levou alguns minutos até focar a vista no degrau para fora do bar. Angelique surgiu e agarrou seu braço, como em todas outras noites. Não a deixava sozinha.
— Vamos, mulher, vamos para casa.
A avenida não estava tão movimentada, mas Brigitte quase caiu quando foi surpreendida por buzinas. Angeli-

que não a deixou sozinha no apartamento, Brigitte agradeceu por ter uma amiga como ela. Era tudo o que lhe restava.

Um copo de água, um afago nos cabelos e Brigitte viu-se deitada no colo da mulher, como em outras noites. Ela tinha cheiro de amaciante e cigarro. A fumaça que tragava devia ser feita de algodão-doce, cheirando a *tutti-frutti* como o chiclete que vivia mascando.

— Preciso parar de beber.

Os olhos de Angelique fitaram-na, o verde-musgo destacava-se na penumbra da sala iluminada apenas por um abajur no canto.

— Acho que precisa aprender a beber, só isso. Acho que tudo se pode, desde que não seja demais. Todo excesso torna-se um problema. Até felicidade, se a gente ficar feliz demais chega a ser triste, sabe?

Por que ela continuava ali? Brigitte perguntava-se enquanto olhava a beleza jovial e fresca de Angelique corrompida pela maquiagem borrada que a tornava cansada.

— Vá para casa, Angelique, não perca mais uma noite aqui com uma velha bêbada.

Angelique não foi embora e Brigitte caiu num sono pesado, afundada sobre a almofada no colo da jovem.

Na manhã seguinte, acordou com os toques na porta. A cabeça girava. Nenhum sinal de que a menina ficara ali, mas Brigitte percebeu o cobertor que ela colocou sobre suas pernas e sorriu. Continuaram batendo na porta, ela sussurrou algo desconexo e arrastou-se até lá.

3

Leon passou os olhos pela desordem da pia. As mãos seguravam a xícara de café, mas ele não bebia. A mãe estava descabelada, tão caótica quanto a cozinha. Brigitte mesclava-se à bagunça do lugar. Não passava de mais uma peça de mau gosto da decoração. Leon sentia pena e asco, a mistura de sentimentos despertava sua úlcera, fruto de anos de gastrite nervosa.

— Você podia avisar antes de aparecer aqui, filho.

Brigitte misturava mais colheradas de açúcar no café, distraída. O olhar fixo em algum ponto da mesa e o semblante bovino e vazio deixavam Leon desconfortável. Para ele, parecia cada vez menor e mais alheia. Quando a palavra "louca" surgia em sua mente, Leon tentava afastá-la com horror. Não admitia que talvez a mãe estivesse chegando em algum ponto sem retorno, ultrapassando limites que não deveria.

Leon era um negacionista por natureza, vivia bem acreditando no que queria, manipulando a realidade para dormir em paz. Um exímio ilusionista, a vida não lhe parecia tão má quando a reinventava.

— Você saiu ontem? Se divertiu? Tá com uma cara de ressaca.

Brigitte demorou a escutar, estava presa na recusa do teste no teatro: "Sinto muito, Brigitte, mas estamos procurando uma mulher mais jovem para o papel."

— Hã? Ah, sim. Eu fui no bar com uma amiga ontem.

— Não sabia que ainda tinha amigas para isso. Que bom.

O silêncio estabeleceu-se como uma presença. A terceira pessoa que os impedia de falar qualquer palavra, porque qualquer palavra entre eles parecia nada, coisas ditas ao vento, sem importância. Diálogos esquecidos no minuto seguinte. O silêncio era a pessoa bem-vinda, aclamada quando estavam na presença um do outro.

Brigitte bebericou o café, doce demais para seu gosto. Leon soltou a xícara e entrelaçou os dedos sobre a mesa.

Evitou sustentar os olhos nela por muito tempo. Aquela não se parecia em nada com a mãe da sua infância.

Naquele tempo, Brigitte radiava luz própria em seus cabelos dourados e olhos risonhos. Era a mulher mais bela do mundo aos olhos do pequeno Leon. A beleza manifestava-se em risos fáceis e na voz sedosa e musical. Naquele tempo, ele não sabia ainda que era o tipo de felicidade ébria que a tornava tão exuberante. Com o passar dos anos, o *glamour* deixou de ser inebriante e tornou-se piegas em uma mulher de 60 anos que lutava a todo custo contra os efeitos do tempo.

— Eu vim te ver para contar que vai ser avó.

Brigitte parou o movimento que fazia, derramou o café sobre a toalha da mesa quando bateu com a xícara. Encarou o filho sentindo os olhos arderem em umidade salgada. Há quantos anos não sentia aquilo? A palpitação, o assombro, a surpresa.

— É sério, Leon? Você e a Giovana... Meu Deus! Que notícia.

Ela jogou a cabeça para trás e gargalhou, o som era mais um desespero do que euforia. Leon enrubesceu num sorriso forçado e quase triste.

— Meu filho, não sei nem o que dizer. Como você me fez feliz hoje, foi o portador de uma grande felicidade! Era o que eu precisava e nem sabia.

— Espero que ela não perca de novo como da primeira vez.

Aos poucos, o sorriso desapareceu do rosto dela. De forma tímida, colocou a mão sobre a do filho. Há anos não o tocava, o contato fê-la estremecer e as palavras morreram em sua boca. Ela deu tapinhas sobre a mão, Leon afastou do toque seco e trêmulo.

Naquele momento, ela lhe parecia tão estranha. Não permaneceu mais que vinte minutos e despediu-se da mãe. Depois da notícia, prevaleceu o silêncio. Aquela presença que não a deixava e dava aos pensamentos caóticos vozes altas e cheias de razão.

Brigitte arrastou-se para o banho, onde se entregou ao choro desesperado. O tipo de choro que a restabelecia.

Quando foi até a varanda fumar, olhou para baixo. A queda do décimo andar a mataria. Pensava muito nisso nos últimos meses. Na sua tela mental, o corpo pairava até o chão e caía feito pluma. Ela não sangrava, era um manequim de loja, feita de plástico manchado. Os moradores cercavam-na, curiosos, paramédicos tentavam conectar as articulações.

De repente, sua visão a puxava para o voo. Debruçada, quase voava para baixo. Um dia, teria a coragem necessária, pois sabia, não sangraria. Brigitte detestava sangue, até mesmo o cenográfico, com o qual teve de conviver durante os anos de cinema.

Da sacada ao lado, Angelique observava e não demorou para chamar a atenção de Brigitte com um assovio.

Quando ela olhou para a vizinha ali de pé, sem maquiagem, vestindo calça jeans e uma camisa de banda de rock em seus vinte e poucos anos, sentiu-se pior, mas acenou e sorriu.

4

O parque estava vazio àquela hora da tarde. Algumas pessoas caminhavam, outras, estiradas no gramado, observavam o movimento do grupo de patos no lago. O dia nublado dava ao céu um aspecto doente, as nuvens pareciam algodão sujo de rímel.

— Foi bom ter aceitado o convite para dar uma caminhada, Brigitte. Eu me preocupei com você ontem.

Angelique olhava para ela, mas Brigitte observava a

forma que os pés afundavam na grama. Gostava de dispersar-se na contemplação de detalhes.

— Por quê? Ontem foi como todas as outras noites.
— Eu te achei mais... não sei.
— Mais bêbada? Mais acabada?

Brigitte sorriu e encarou o lago, parando para observar os patos que as outras pessoas olhavam sem ver.

— Fui recusada para um teste numa peça de teatro. Talvez tenha exagerado por isso. Não aguento quando me dizem que estou muito velha para fazer o que sempre fiz.

— Talvez você só não encaixou no papel que procuravam. Não quer dizer que não serve mais. E quem é que ficou com o trabalho?

— Diane Klein. Li rumores numa nota de jornal de que ela será a protagonista.

— Ah não diga! A estrela de "Três noites de escuridão"? Ela é maravilhosa.

Brigitte sentou-se na grama, a brisa que soprou no rosto era refrescante e ajudou a conter as lágrimas que quase caíram. Angelique sentou ao lado e arrancou algumas folhas para em seguida colocá-las na boca. O gesto lembrou Brigitte de como fazia quando era criança, gostava de brincar na terra e comer minhocas. A estranheza a atingiu, não a estranheza do mundo que a fazia sentir-se alheia, mas aquela que vinha de dentro. Sentiu-se, por um momento, fora da linha da sanidade. Louca, a palavra brilhou como um holofote.

— Ela é, sim. Diane Klein é a nova queridinha. Como um dia eu fui.

— Você? Me desculpa, Brigitte, mas eu nunca ouvi falar no seu nome. Só soube que é atriz porque me contou e me mostrou o álbum.

Deu de ombros e observou pombos brigando por migalhas de pães que alguma senhora jogava. Quantos anos deveria ter? Brigitte cogitou que fossem da mesma época. A senhora deveria estar com sessenta e poucos, uma onda de compaixão tomou conta dela e quase se levantou para alimentar os pombos, mas Angelique tocou seu braço.

— Eu te magoei, né? Falando isso. Sei como sua carreira é importante para você. Diane Klein é só mais um rostinho bonito, Bri.

— Por mim, o rostinho bonito podia derreter. Não me importo. Quero mais que Diane Klein se foda.

A risada de Angelique relaxou-a, as duas riram juntas por um tempo. Não era mais sobre Diane que riam, era por algum motivo sombrio que tornava as risadas de Brigitte estranhos ruídos de desespero e dor.

Retomando o fôlego, Angelique limpou algumas lágrimas, resultado do ataque de riso.

— Ela frequenta o Caribe, nosso bar. Já a vi por lá aos sábados.

— Quem? Diane?

— É.

— Quem diria que uma estrela como ela frequentava espeluncas como o Caribe Bar.

— Mas lá não é tão ruim. Toca música boa aos sábados.

— Eu queria conhecê-la pessoalmente...

Brigitte estava arrancando a grama e jogando-a sobre os próprios sapatos.

— Adoraria explicar para ela como funciona o *show business*.

Angelique sorriu e um pontinho verde destacou-se numa das presas. Era para ser cômico, mas Brigitte assustou-se com o modo que seu rosto adquiriu um semblante odioso e frio.

— Acho que adoraríamos ver o rostinho derretido. Feito cera de vela no fogo.

A voz dela não denotava zombaria, Brigitte notou que falava sério, apesar do sorriso irônico nos lábios. A onda de calor que a envolveu fê-la rir de novo e por muito tempo.

Sim, adoraria ver o rosto encantador de Diane Klein derretido. Antes de voltarem para casa, Brigitte combinou de encontrar Angelique na noite seguinte, pois era sábado e no Caribe Bar tocavam boas músicas. O seu humor estranhamente melancólico tornara-se pura euforia, como sempre ocorria nas constantes alterações emocionais súbitas. Brigitte conseguiu até desfilar em frente ao espelho com os vestidos mais bonitos, decidindo-se sobre qual usaria para ir ao bar. Algo lhe dizia que aquela noite seria inesquecível.

5

As luzes falhavam. Brigitte não sabia se estavam piscando ou se era apenas o bar que parecia maior. A sensação deixou-a zonza. Angelique perguntou em qual mesa gostaria de sentar, se deveriam escolher do lado de dentro ou fora. Brigitte não sabia o que responder.

Dentro ou fora? Que diferença faria, não havia ar fresco em nenhum lugar. Sentia-se sufocada de qualquer maneira.

Viu-se sentada num canto escuro e abafado. A música caribenha alta não deixava ouvir o que as bocas falavam em volta. Os lábios de Angelique formavam sílabas redondas e distantes. O batom destacava na penumbra do bar. Escarlate, cor de sangue vivo.

Brigitte remexeu-se dentro do vestido apertado, as alças afundavam nos ombros carnudos, o forro do tecido pinicava. Ela o vestiu pela última vez há sete anos. Estava mais magra, há sete anos, a pele ainda era rígida e a silhueta, esguia. A flacidez do tempo era apenas um fato não cumprido. Distante.

— Ela está vindo.

A voz de Angelique sussurrou dentro da sua cabeça como se vivesse ali há anos e não viesse dos lábios encostados ao pé do ouvido.

— Quem está vindo, menina?

O copo de uísque na mão cintilou a meio caminho da boca. Perdera a conta de quantas doses havia bebido. A voz do cantor lançou-a nas memórias dos musicais nos quais balançava o corpo de bailarina delirante. Vinte e poucos anos. Naquele tempo, os homens enviavam-lhe flores, chocolates e champanhe. Brigitte passou a mão pelas laterais do vestido, sentindo cada dobra de pele marcada.

— Diane Klein. Eu chamei pra sentar com a gente.

Os holofotes das lembranças afastaram-se e a música do bar parou. O ambiente foi preenchido pelo murmúrio das conversas atravessadas nas mesas. Estava muito cheio, fumacento e sufocante. Angelique abriu um sorriso manchado de nicotina para Brigitte.

— Boa noite.

A voz de veludo a surpreendeu, então virou-se e viu o rosto claro e bom de Diane emergir do escuro. O aroma agradável que vinha dela fê-la pensar em anjos incursionando pelo quinto dos infernos.

— Oi, Diane.

— Você é a Brigitte, né? Nem acredito que estou te conhecendo.

Os olhos claros feito céu sem nuvens brilharam. Brigitte encontrou ali um poço de água fresca em meio ao deserto que se tornara sua vida anônima, pois era um lampejo de genuína admiração e reconhecimento. Sua sede não foi aplacada, todavia, aumentara. Olhou para

Diane com um ar desdenhoso porque não podia entregar a surpresa de ser reconhecida.
— Sim. Você é a famosa Diane Klein.
— Que nada, ainda estou na luta. É um imenso prazer falar com você, Brigitte. Simplesmente amei você como Angel Judith!

Sentou ao lado dela na mesa segurando uma taça de drinque enfeitada por rodela de abacaxi. *"Nada de álcool"*, pensou Brigitte, com aquela familiar ardência que subiu da boca até os olhos. O incômodo de continuar respirando o ar com perfume de Diane.

A jovem tagarelou por horas. Era dessas pessoas autossuficientes em conversas. Adorava falar sobre si mesma com um distanciamento que irritava Brigitte porque a fazia parecer prepotente.

Diane era da nova geração de atores que se superestimavam ao mesmo tempo que forjavam um tipo de modéstia charlatã. Reclamou sobre o ônus do sucesso, sobre as fofocas e burburinhos em torno da família. Brigitte percebeu-a afundada em si mesma, imersa na autoimagem magnânima do seu talento duvidoso.

Diane Klein era apenas um rostinho bonito, nada além disso. Tudo nela era ensaiado.

Após três horas de monólogos entediantes, Brigitte decidiu que estava farta.

— Vamos tomar um drinque lá em casa, Diane.

Ouviu a voz de Angelique precipitar-se antes que pudesse dizer algum desaforo que desceu de volta pela garganta. Brigitte deu de ombros, tudo bem que fosse para a casa da sua única amiga, faltava apenas isso para roubar-lhe tudo. Brigitte levantou e esgueirou-se entre as mesas do bar, buscando o ar da rua, trôpega.

A avenida movimentava-se, ora aproximando-se, ora afastando-se. Apertou os olhos na direção que seguia para o prédio. Apenas duas quadras, nada mais que isso. Um pé depois do outro. Não teria o braço de Angelique para apoiar-se, estava ocupada bebendo com Diane Klein. O nome subiu com violência do fundo do estômago, revirando a bebida. A tosse de ânsia veio, mas não vomitou.

— Vamos Bri, você tá bem?

Angelique segurava seu corpo junto ao de Brigitte. Tudo apertava, a mão dela e o vestido. Brigitte gesticulou e viu a sombra de Diane atrás da garota, o rosto assustado. Elas seguiram adiante, a sombra junto. Brigitte queria dizer para Diane ir embora, desaparecer da sua vida, mas não conseguia. Tagarelava sobre a dor que subia do estômago e atingia as têmporas, fraquejava nos passos, mas Angelique não a soltava.

Dentro do apartamento, deixou o corpo afundar no sofá macio. Respirou fundo o aroma das almofadas, o cheiro familiar da própria casa a fez sorrir. Angelique perambulava pelos cômodos, a sombra Diane atrás, imersa naquela textura de sonho.

Brigitte levantou a mão, queria mandá-la embora, mas capotou de frente no chão da sala. As nádegas murchas e pálidas expostas à brisa que entrava pela varanda aberta. Beijou o carpete, fios do próprio cabelo aderiram ao rosto. Ela lutava para colocar-se de pé e só conseguiu quando Diane puxou-a para cima.

— Pobrezinha.

Diane suspirou enquanto ajudava Brigitte a sentar-se no sofá.

— Quer água? Um chá? Talvez um doce te faça sentir-se melhor.

Atrás de Diane, um vulto ergueu-se escurecendo a visão de Brigitte, que piscou inúmeras vezes até compreender que Angelique segurava um ferro de passar roupa acima da cabeça.

O rosto de Diane estava tão próximo que Brigitte podia sentir a respiração entre os lábios semiabertos. Eram lábios rosados e brilhosos, feitos para beijos. Delineados como um pequeno coração pulsante.

A respiração tornou-se um gorgolejo quando ela tombou sobre o corpo de Brigitte, filetes escuros desciam pela testa, e os olhos, confusos, piscavam nervosos.

— Diane?

Brigitte segurou-a pelos ombros e afastou-a. Angelique continuou golpeando-a no rosto. O som da respiração de Diane, misturado às tentativas de gritar, penetrou os ouvidos de Brigitte, que se curvou sobre o próprio corpo. A ânsia voltara e a tosse violenta a fez convulsionar. Angelique só parou quando Brigitte encontrou forças para gritar. Gritou com ela por algum tempo, tremendo e fora de si.

Angelique recuou até a porta da cozinha, abraçada ao ferro de passar. Tinha os olhos úmidos sobre Brigitte, que cobria os próprios olhos ao lado de Diane. As mãos da jovem atriz tremularam, fracas, mas ela não conseguiu erguer-se. O som da voz saía sufocado e molhado de sangue, numa respiração chiada, até desvanecer em silêncio.

O cheiro de sangue empurrou-a para longe. Brigitte correu para a varanda em busca de ar, mas vomitou sobre as plantas. Deixou o corpo ceder e escorregar pela porta de vidro e encarou a silhueta tombada de Diane no sofá da sala. Angelique não estava mais lá. Percebeu a porta da sala entreaberta e o ferro de passar caído no meio do caminho.

6

A gengiva sangrava, Brigitte aproximou-se do espelho, tomando cuidado para não passar o fio dental no local inflamado. Era problema com o implante dentário. Há meses sofria com isso, os dentes não resistiram aos longos anos de tabaco. Os ossos fracos não sustentavam os pinos. Ela retornaria ao dentista reclamando do trabalho porco, e, com toda paciência do mundo, ele explicaria sobre a fraqueza da sua estrutura óssea. Não tinha dinheiro para outro tratamento dentário. Engoliu comprimidos para dor.

Analisou por um tempo a boca aberta. A cavidade escura, os dentes no fundo estavam manchados e fediam. Cutucou mais um pouco com o fio dental. O cheiro trouxe a lembrança do que estava na sala, apodrecendo há dois dias. Brigitte curvou-se sobre a pia e a tosse escalou o peito. Sacudiu-a inteira, os dentes chacoalharam.

Olhou para a porta da suíte, onde via a cama de casal desarrumada. Passara as últimas horas deitada, sofrendo de uma ansiedade intensa que não a deixava dormir e mergulhava-a em sonhos mesmo acordada.

Viveu novamente, enquanto esteve deitada, os anos em que viajou com a trupe de teatro, eles dormiam em *trailers*. Interpretou as mulheres de Shakespeare, a megera Catarina, a desafortunada Miranda e a romântica Julieta. Na juventude, amou Shakespeare mais do que qualquer outro. Amava a sua capacidade para o tragicômico assim como era mesmo a vida real: uma piada que às vezes fazia chorar de tão ridícula.

— *Much ado about nothing...*

Sussurrou para si mesma com seu inglês falho e carregado de sotaque. Caminhou para o quarto, temendo sair daquela zona confortável onde as cobertas amarrotadas e quentes das madrugadas febris serviam como ninho e esconderijo. Não queria atravessar a sala, o odor chegou até ela tímido no primeiro dia, mas no segundo dia entrava pelo quarto com insistência. Era podre, carne estragada, comida fora da geladeira.

— Somos feitos de carne e osso.

Sussurrou, apanhando o robe jogado aos pés da cama.

— Angelique nunca mais veio — falou para si mesma e abriu a porta do quarto depois de dois dias bebendo apenas a água da torneira do banheiro. O estômago roncou, impactado pelo odor que tomava conta de todo o apartamento.

Brigitte andou por algum tempo apoiando-se nas paredes e parou na porta do corredor que a levaria para a sala. Dali podia ver o sofá e os fios castanhos que saltavam de uma das almofadas.

Ela estava lá, o odor e os fios de cabelo tornavam tudo real. Brigitte cobriu a boca e andou, as pernas fraquejaram, mas ela persistiu e aproximou-se. Parou em frente ao sofá, encarando Diane Klein.

Quando era criança, colecionava bonecas de porcelana. O pai, um homem viajado, trazia bonecas de todos os lugares do mundo. Era paparicada pela mãe, filha única e predileta. Brigitte pintava o rosto das bonecas e, quando não gostava do resultado, batia-as no chão até quebrá-las. Ali, no sofá, estava uma boneca em tamanho real. O rosto de porcelana afundado, rachado. Ignorava o sangue seco; se prestasse atenção aos detalhes, enlouqueceria.

Na mente, formou-se a imagem de uma simples bonequinha, como as que guardava na infância.

Aproximou-se, analisando Diane Klein na morte. Não era bonita mais e não falava mais sobre si mesma. Brigitte afagou os cabelos e ajeitou-a de tal forma que ficasse sentada.

Sentou ao lado de Diane e colocou a mão sobre seu joelho. Analisou a mão gelada e azul da jovem, um anel de casamento e outro solitário no indicador.

— Sua família deve estar te procurando. O homem

que a ama, você tinha um bebê recém-nascido. Lembro que comentou no bar sobre parar com a carreira para cuidar dele. Faça isso, Diane, dê atenção ao seu filho como nunca dei ao meu. Eu amei minha carreira acima de qualquer coisa e, quando envelheci, ela foi a primeira a me abandonar. Vá, cuide da sua família.

Brigitte afagou a mão dela e um sorriso terno apareceu, suavizando o semblante carregado de uma insone.

— Queria ter alguém para me dizer essas coisas na época. Queria alguém que segurasse minha mão assim e tivesse me dado anéis como os seus. Ele te ama, né? Seu marido.

Olhou para o rosto afundado, a boneca não se mexia, como era na infância. Brigitte sentiu a tosse escalar o peito e entregou-se. Tossiu por algum tempo, asfixiada com um odor indefinido de podridão.

De onde estaria vindo aquele fedor?

Dos dentes podres? Da tristeza que convertia os pulmões em duas bolas de chumbo?

Tossiu por muito tempo. A porta da sala abriu, ela não percebeu a chegada de Angelique até sentir a sombra projetada acima de si, encolhida no canto do sofá, vencida pelo ataque de tosse.

— Você nunca mais veio, Angelique. — A garganta doía e a voz saiu rouca. — Precisamos dar um jeito na Diane. Ela não acorda. Não me responde nada.

Angelique sentou aos pés de Brigitte e apoiou as mãos nos joelhos dela. Tinha os olhos úmidos, o rosto vermelho de quem chorou por muito tempo. Talvez estivesse chorando há dias. Ela parecia tão nova naquela proximidade. Brigitte afastou as mãos dela, mas Angelique não deixou.

Tentou sair do sofá, mas Angelique segurou-a com força.

— O Leon está chegando.
— Não.
— Sim, eu liguei para ele.

Brigitte desviou o olhar para Diane Klein do outro lado do sofá e a boneca quebrada deu lugar ao cadáver espancado. Não tinha nada a ver com os manequins de cenografia, era feio e fedorento. Patinou sobre os próprios pés, o choro ficou preso na garganta e entregou-se ao abraço de Angelique.

— Tinha que ser assim, Bri. Acabou.

7

O lugar tinha um belo jardim verde e uma fonte de onde não parava de cair água do jarro que a estátua segurava no ombro. Réplica grega, gasta pelo tempo. Brigitte passava a maior parte do banho de sol encarando a fonte, o barulho da água acalmava o espírito e trazia sono.

Naquela tarde, Giovana estava sentada ao seu lado com sua neta no colo. A menina completara um ano, tinha os olhos escuros e curiosos como os de Brigitte, a semelhança a assustava, pois, assim como a estátua, a menina parecia apenas uma réplica do que ela fora.

— A senhora quer algo especial? Alguma comida de que goste mais? Eu trouxe torta de maçã e entreguei para uma das enfermeiras.

Não tirou os olhos da fonte, nem mesmo quando a neta esticou a mão na sua direção. Permanecia estática, fora de si. Giovana suspirou e afagou os cabelos da filha.

— Brigitte? A senhora lembra que faz 61 anos hoje, né?

— Por que Leon nunca vem me visitar?

Olhou para a nora pela primeira vez naquela tarde. Ela estava sempre bem arrumada e cheirosa. O longo cabelo negro preso em um coque, a maquiagem leve. Era fresca e jovem. Leon não a merecia, porque assim como a mãe, não tinha força. Era meio parado, melancólico e insuficiente. Brigitte gostava de Giovana, embora sentisse aquele calor que trazia o amargo até a boca. A sensação que sempre a desestabilizava perto das enfermeiras jovens e bonitas.

— Muito trabalho, a senhora sabe. Ele está em outra empresa, viaja muito.

— Ele não vem porque não gosta de mim.

— Está sendo bem tratada aqui, não é, Brigitte?

Ela olhou para a criança no colo de Giovana. Seus olhos se encontraram, mas Brigitte desviou o olhar porque via no rostinho dela o reflexo da própria infância, e odiou-a por isso.

— Sim. Cadê Angelique?

Brigitte olhou em volta.

— Quem?

— Angelique. Ela nunca veio desde aquele dia... no apartamento, nunca mais a vi.

Giovana respirou fundo e Brigitte viu o ar de piedade em seu rosto, a forma como as sobrancelhas se encontravam, um semblante de compaixão.

— Você também me acha louca?

— Não, Brigitte, a senhora está aqui para descansar.

— Estou presa, Giovana. Isso aqui é um sanatório.

— Olha que belo jardim a senhora tem. O som dos pássaros cantando, a fonte, o céu lindo. Está se recuperando.

— Diane Klein morreu.

— A senhora logo vai poder nos visitar.

— Angelique a matou.

Giovana tentou acomodar a filha agitada nos braços e, por um momento, Brigitte viu a calmaria em seu rosto transformar-se em chateação. Colocou a menina sentada com força no colo, as pernas dela balançavam. O silêncio ficou entre elas como uma presença física, menos perturbadora do que era com Leon, mas, ainda assim, pesada.

— Brigitte, a senhora lembra do filme que fez nos anos 80? Angel Judith?

— Claro! Eu tive que tingir os cabelos de vermelho. Tinha vinte e poucos anos. Como me esquecer? Lembro de tudo o que fiz naqueles dias.

— O nome da sua personagem era Angelique, a delinquente que assaltava e matava a sangue frio para continuar sustentando seus luxos. Até encontrar aquele que era o amor da sua vida e tão delinquente quanto ela.

— Sim. Foi um sucesso de bilheteria. Ganhei dois prêmios por esse papel, sabia? Giovana, eu fui uma estrela.

De repente, um grito ecoou do interior do prédio cinza e velho que contrastava com o jardim colorido. Giovana abraçou a filha e levantou num salto. Brigitte voltou a olhar para a fonte, lembrando daquele tempo em que interpretara Angelique, entre suspiros e sorrisos.

Uma das enfermeiras correu na direção de Giovana.

— Por favor, precisa ir embora. Uma das enfermeiras foi encontrada morta no sanitário. Vamos chamar a polícia. Todos os visitantes precisam esperar do lado de fora.

— Meu Deus. Morta?

Giovana balançava a filha, que ameaçava chorar.

— Isso, acompanhe-me.

Antes que Giovana pudesse seguir os passos da enfermeira perplexa, Brigitte estendeu a mão para ela, trêmula. A nora aproximou-se, afagando os cabelos da filha. Ao pé do ouvido, Brigitte segredou:

— Foi a Angelique.

ANA NÃO VEM MAIS
DEBORAH HAPP

Deborah Happ é escritora e roteirista. Mestre em História da Arte pela USP, cofundadora da Fantástika 451 e do Festival Relampeio. Atualmente, mora na Alemanha com a esposa e duas gatas.

Capítulo 1

O jovem negro de cachos longos e óculos de aro grosso chegou cedo no cinema. Quarta fileira de trás para a frente. No canto. Guardou o ingresso no bolso para jogar fora depois. Costumava ter uma coleção de ingressos de cinema. Dava para acompanhar todos os filmes pelas datas, cores e formatos diferentes. Agora eles eram todos iguais, papel amarelo de extrato bancário e letras que vão sumindo com o tempo.

As luzes se apagaram. Aviso de emergência.

Tirou os cachos de cima dos ombros e aconchegou-se melhor à poltrona de veludo vermelho, apoiando os pés sobre a cadeira vazia à sua frente.

O filme já tinha começado quando o casal da frente chegou. O cheiro forte de damas-da-noite que exalava dos recém-chegados trazia lembranças das flores da escola e da garota que o jovem negro costumava espiar toda semana no vestiário da piscina. Uma silhueta de gêmeos siameses formou-se em frente à tela. O estranho empurrou o tênis para fora do banco. Não houve sinais de arrependimento. O jovem decidiu que não valia a pena perder ainda mais tempo do filme discutindo. Acomodou-se melhor na cadeira.

Ele adorava essa franquia. Era um *reboot* de uma série a que assistia quando era criança. Praticamente o mesmo roteiro, com atores piores e efeitos especiais mais modernos.

As cabeças do casal da frente ficavam se mexendo e atrapalhando o filme. Olhando direito, só a cabeça dele se mexia. Para frente e para trás, para cima e para baixo. Ela estava quietinha, como se nem estivesse ali. O movimento ritmado tornou-se mais irritante quando os gemidos abafados dele começaram a acompanhar.

A algumas fileiras à frente, uma adolescente de cabelo crespo virou-se para ver de onde vinha o barulho. Ela tinha vindo ao cinema acompanhada de mais duas amigas, uma um pouco mais velha e sabida, e a outra, que usava aparelho nos dentes, da mesma turma da escola. As três eram inseparáveis. Agora elas estavam ajoelhadas de costas em suas cadeiras, tentando abafar risinhos.

Os ninjas projetados na tela atravessavam uma nevasca, iluminando toda a sala: as 50 fileiras de poltronas de veludo vermelho, as escadas marcadas por olhos-de-gato e as centenas de rostos que deveriam estar prestando atenção no filme.

— Meu, olha a cara de tédio dela! — apontou a menina mais velha, já sem se importar em manter a voz baixa.

— Essa daí leu foi *Capricho* demais. 12 artigos por mês de "Como agradar seu homem" — respondeu a de cabelo crespo. A moça à qual se referiam estava com a cabeça tombada levemente para a esquerda e o olhar perdido em algum lugar da neve da tela. Estava estática, exceto pelo pulso, que subia e descia sob os comandos do homem ao lado.

— E ela realmente precisa aprender a comprar base, né, amiga? — caçoou a garota de aparelho.

— Esse cinza é de cigarro. Quem fuma muito fica assim — disse a garota de cabelo crespo. Sua tia fumava quatro maços por dia, tinha a pele meio esverdeada e cheirava a gato morto. A menina morria de medo de ficar verde algum dia.

Do outro lado do cinema, uma senhora gorda de camisa abotoada até o pescoço e um coque apertado no alto da cabeça arrastava o neto pelo braço para fora do cinema.

— Mas eu quero acabar de ver os ninjas, vó! — disse o menino.

— Não tem nada nesse cinema além de pouca vergonha — a senhora sussurrava, furiosa.

A situação ficava ainda mais desconfortável por haver outras crianças na sala. Um a um, os pais ou responsáveis levavam os garotos para fora e tratavam de inventar desculpas cabíveis para contrapor as reclamações dos pequenos.

— O que foi, tia? Por que a gente tem que sair?

— Olha, bonequinha, quando um homem ama muito uma mulher... Mas, às vezes... Ah, vamos ter essa conversa quando você for mais velha, tá? Não conta nada pros seus pais.

Algumas outras pessoas mais velhas permaneceram em seus lugares, tentando aproveitar o melhor do filme, apesar de todas as interrupções.

As adolescentes passaram o resto da sessão dando risadinhas.

O moço atrás do casal fez muito esforço para concentrar-se no restante do filme e não na própria ereção.

Capítulo 2

— Voltou cedo da praia? — perguntou Gabi. — Pensei que você fosse ficar lá as férias inteiras.

— Não — respondeu Taís. — Meus pais precisavam trabalhar já no dia 2. A gente pegou um puta trânsito na volta.

— Deve ser horrível ter que trabalhar já no dia seguinte ao Ano-Novo. Nem dá pra aproveitar o feriado direito. Dá meia-noite, todo mundo já vai dormir.

— É, mas na minha casa a galera nem curte *Réveillon*. É só assistir aos fogos na praia e voltar pra casa. Sem sete ondinhas, sem flores pra Iemanjá, show da Ivete, nada.

— Teve Ivete em Ubatuba?

— Claro que não. Se a gente tiver sorte, tem Charlie Brown *cover*.

— Menos mal perder o *show*, então.

A família de Taís costumava passar os feriados de fim de ano no apartamento da praia. Juntavam os avós, os tios e todos os primos. Depois do Ano-Novo, enquanto os adultos retornavam para suas cidades, as crianças costumavam ficar na praia, sob supervisão da avó. Era permitido aos primos levar alguns amigos para passar o verão por lá, comendo os bolinhos de chuva de Dona Julia. Os doces, por si só, eram motivação o suficiente para qualquer pessoa passar janeiro inteiro no litoral. Menos para Taís.

— Pensei que você fosse ficar, de qualquer jeito — retrucou Gabi. — Você, que gosta tanto de trilha e de praia.

— Porra, mas se eu passasse mais dois dias com as patricinhas das minhas primas, eu ia enlouquecer.

— Elas só falam de namorado, né?

— Isso e de roupa. Elas passam maquiagem pra ir para a praia, sabe?

— Suas primas são um inferno.

— Você nem imagina.

Taís gostava mesmo de natureza e sempre dava um jeitinho de sentar no barro, mesmo na zona metropolitana. Ela e Gabi encontraram uma pequena horta comunitária em um parque da cidade, composto apenas de uma árvore e um banco de metal retorcido pintado de branco em um lotezinho coberto de grama. A horta era plantada ao redor da árvore, cercada por um alambrado baixo. Cada cultura de verdura ou tempero era marcada por um palito de picolé. Taís gostava de voltar ali de tempos em tempos, para checar o amadurecimento dos tomatinhos. Gabriela, por outro lado, gostava mesmo era de estar sentada. Ela preferia sentar no banco, na sombra da árvore, enquanto gastava o 4G do celular.

— Já que você tá aqui, Taís, bora na festa da Ariane?

— Sério, Gabi? Nas férias? Eu já não aguento o povinho do colégio durante o semestre.

— Mas a Ariane nunca convida a gente, foi a primeira vez. — Gabriela rolava a linha do tempo no celular, sonhando em ter uma vida mais interessante do que sentar no parquinho e especular sobre a vida social dos colegas de turma. — Será que ela quis comemorar nosso último ano?

— É que ela sabe que a gente não vai.

— A Ana iria.

— Convida ela, então.

— Vou convidar mesmo.

Gabriela voltou a olhar para o celular e começou a

digitar com os polegares.

— Tô cansada de ficar em casa só lendo e jogando *videogame*.

— Você sai comigo, ô!

— Você só fala isso porque acabou de voltar da praia. Eu, que fiquei aqui, só li e joguei videogame. Num dia mais agitado, a gente vê filme ou vem pro parquinho, nessa bosta de cidade.

Mensagem enviada. Gabriela encarou o celular.

— Duvido que ela vá — disse Taís, dura. — Ela só sai com o namorado agora.

Gabriela franziu a testa e concordou.

— Eu vi as fotos. Ela tá até de aliança. Com um mês só de namoro.

— Casou, né? Olha que adulta.

Houve um momento de silêncio. Quando eram crianças, Taís, Gabriela e Ana costumavam ver-se todos os dias. Depois da escola, brincavam na rua ou na casa de uma das meninas. Com o passar dos anos, a distância foi surgindo. Primeiro quando Ana mudou-se, de casa e da escola. Ainda se falavam com alguma frequência, agora pela internet, mas não era o suficiente para substituir os bilhetes passados em sala de aula. Gabriela se questionava se estava sendo uma boa amiga, apesar da distância. O namoro de Ana parecia sepultar esse abandono. Na semana anterior, Gabriela convidara Ana para passar uns dias na casa dela. Ela aceitou, mas acabou não aparecendo. Hoje mesmo era para Ana estar com elas no parque, mas ela preferiu não vir.

— Ela podia trazer ele junto, né? — disse Gabriela. — Pra gente se conhecer. Ver se ele não é um maluco.

— Tipo aquele advogado que batia em mulher, você viu?

— Vi com meu pai. Horrível.

As garotas ficaram quietas por alguns instantes. Taís puxou uma hortelã do pé e começou a mastigá-la. Gabriela estremeceu por um instante imaginando a Ana com um olho roxo e a mandíbula deslocada. Abriu uma rede social para tirar a imagem mental da cabeça.

— Tô com saudade da Ana — confessou Gabriela.
— Quero é que ela se foda — arrematou Taís.

Capítulo 3

— Antooooonio! Vem jantar, Antonio!
Dona Bete sabia que não podia atrapalhar o filho enquanto ele assistia ao seu futebol. Na verdade, ela já tinha aprendido que não podia atrapalhar o filho enquanto ele fazia qualquer uma de suas coisas. Mas ela também sabia que Antonio detestava comida requentada. E o jantar de hoje já estava ficando frio.

— Antooooonio! Quantas vezes vou ter que chamar?
Ela se inclinou para fora da porta da cozinha, que levava ao quintal. Dona Bete tinha saudade do tempo em que Antonio ainda dormia no quarto dentro de casa, antes de preferir mudar-se para o puxadinho dos fundos para ter "mais privacidade". Dona Bete preferia não imaginar o que o filho tanto fazia lá atrás.

— Igualzinho ao pai...
Dona Bete voltou à cozinha, cobriu o *strogonoff*, o arroz e a batata palha com toalhas de papel. Pensou no que o marido estaria jantando numa hora dessas. Sempre que pegava um caso desses que aparecia na televisão, como era o desse advogado feminicida, ele fazia noites e noites de horas extras e sempre acabava comendo mal. Justo hoje que ela decidiu separar umas horinhas e cozinhar para a família.

Ela também cobriu os copos de suco de laranja que

já tinha servido para o filho e sua namorada, que nunca mais saiu dali. Será que ela não tinha mãe?

A senhora ouviu o barulho de passos aproximando-se.

— Nossa, mãe, já tampou a comida? Pensou que eu não vinha mais?

— Faz quarenta minutos que eu tô chamando.

— Tava vendo o jogo, mãe. Quantas vezes eu já te falei que eu como na hora que eu quiser?

— Tem que aproveitar as vezes que eu cozinho pra você. A comida já esfriou, filho...

— Esquenta na panela pra mim? Já que você tá em casa e não na academia...

— O micro-ondas voltou do conserto ontem. Já pode usar.

— Fica ruim no micro-ondas... Esquenta pra mim, vai?

— Você acha que tenho tempo pra isso, menino?

— Sou um homem, mãe.

— Então esquenta sua própria comida.

Quando Dona Bete deu conta de si, estava na frente do fogão esquentando a comida do filho e da namorada.

— Vocês não vão comer aqui? — ela perguntou, com o rosto enfiado no vapor da comida.

Na panela, o molho *rosé* tingia o arroz branquinho de cor-de-rosa, desfazendo o delicado *mise en place* de Dona Bete. Os pratos sujos aguardavam ao lado da pia com os rastros do molho vermelho espesso.

— Não, a Ana tá me esperando lá atrás. Daqui a pouco começa o segundo tempo.

— Já faz quanto tempo que a Ana tá aqui? A mãe dela não tá preocupada, não?

— Nossa, mãe, faz uns três dias só.

Dona Bete amava o filho. Fazia de tudo por ele, desde

criança. Buscava e levava para todos os lugares, fazia o dever de casa junto, fazia os projetos artísticos e de feira de ciências, fazia questão de acompanhar os desenhos animados e os campeonatos esportivos para nunca errar os presentes do filho. Tinha orgulho de dizer que sempre sabia onde e com quem o filho estava – até hoje, aos 21 anos. Mas, olha, já estava começando a torcer para que ele se casasse logo.

Capítulo 4

A casa de Taís era o seu santuário. Como os pais só chegavam bem tarde da noite, podia fazer o que bem entendesse. Ainda mais nas férias. Geralmente só jogava videogame, ouvia música alta e olhava coisas na internet que não admitia nem para si mesma que estava olhando.

A casa, embora mais fresca que o exterior, não conseguia impedir o ar quente de entrar. Mesmo com o ventilador apontado para ela, Taís continuava derretida no sofá, sentindo o vento soprar as gotas de suor para longe do rosto e pescoço. Pegou o controle remoto e ligou a companhia invisível.

"Fábio Gonzales, o famoso ator de programas adolescentes, foi condenado ontem por assassinar a ex-esposa.
"Amigos do casal dizem que o ator estava tão atormentado de paixão que, quando a esposa o deixou, não aguentou. Teve outro acidente desse tipo há algumas semanas com o advogado Lázaro, confere, Oswaldo?
"Sim, Cláudia, esses crimes passionais estão cada vez mais comuns."

Taís pegou o celular. Vivia rodeada por telas, mas raramente sabia o que estava realmente acontecendo. A única coisa que sabia é que não aguentava mais ouvir falar de homens. Homens matando as namoradas na TV, homens nas bocas das primas na praia, homens que roubavam sua melhor amiga.

Taís abriu o *app* de mensagens no celular, mesmo sabendo que estava vazio. Abriu a conversa interrompida com a Ana. A última mensagem tinha sido enviada há poucos dias, mas parecia uma eternidade. Durante a última semana, o diálogo tinha sido unilateral e as mensagens eram sempre variações da mesma pergunta:

— Cadê você, Ana?

Taís clicou na foto da amiga para que aumentasse. Ela se lembrava de quando tinham tirado aquela foto. Estavam juntas, na casa de praia da família de Taís. Era um feriado qualquer e as três amigas desceram para a casa da avó. Foi uma semana de peixe assado, bolinho de chuva e água salgada. Juntas, elas tinham explorado as trilhas e escunas de Ubatuba.

Foi Taís quem tirou aquela foto. Geralmente, quem tirava as fotos era a Gabi, a viciada em celular. Mas, neste dia, Gabi estava na Missão Milho Cozido e deixou as amigas cuidando dos eletrônicos na canga. Era pôr do sol na Praia do Tenório e Ana tinha encontrado um caranguejo entre as pedras.

— Olha, Taís, tira foto aqui!

Ana ficava empolgada demais vendo animais. E vendo plantas. E descobrindo toda espécie de coisa nova. Era uma delícia viajar com Ana, que fazia tudo parecer uma incrível descoberta. Ainda mais para Taís, que tinha muita dificuldade de soltar-se. Quando estavam juntas, eram piratas, eram uma trupe de exploradoras em caravelas, eram astronautas em destinos incertos. Eram tudo, menos adolescentes solitárias meio bestas.

— Fotografa aqui! — repetiu Ana, apontando para o

caranguejo.

Taís tirou algumas fotos rápidas com o celular, aproveitando a luz amarela do fim da tarde.

— Tirei, tirei!

Taís levantou o olhar do crustáceo e apontou o telefone para Ana, enquadrando-a contra o céu e o mar amarelos.

— Hora do *book*! — Taís disse.

Ana deu risada e fez uma pose idiota para a câmera, com os braços para cima e os ombros dobrados para dentro, como as modelos em ensaios de moda.

— Tem que aproveitar a *golden hour*, né, amiga? — respondeu Ana.

Taís disparava o obturador enquanto Ana continuava rindo e fazendo poses exageradas.

Depois do jantar, Gabriela passaria as fotos uma a uma com Ana no sofá do apartamento.

— Essa ficou muito boa mesmo, hein? — Gabriela pousou o dedo indicador em um retrato espontâneo.

A pele de Ana brilhava e os seus longos cabelos loiros esvoaçavam e cobriam seus olhos castanhos. A menina tirava o cabelo da boca com as mãos, revelando um sorriso sincero.

— A Taís capturou toda a sua essência nessa foto, hein? Caramba — Gabriela deu uma olhadinha rápida para Taís.

Taís corou enquanto levava os pratos para a vó lavar. Ela sempre achou Ana bonita, mas, nesse retrato, ela estava especialmente linda. E essa era a foto que ignorava uma mensagem depois da outra que Taís mandara na última semana.

Capítulo 5

Antonio acendeu o cigarro. Inalou profundamente e soltou a fumaça devagar pela boca, sugando-a pelo nariz e soltando-a novamente. Um espetáculo para o vazio. O aroma da nicotina misturava-se ao cheiro de porra e dama-da-noite. Ultimamente, Ana estava carregando demais no perfume.

Na TV antiga de tubo, uma garota ruiva lambia os seios enormes de uma garota loira. As duas gemiam muito alto.

— Queria conseguir fazer você gemer, minha princesa.

— Vai ter que se esforçar mais — respondeu Ana, rindo.

As quatro camadas de base que Ana usava escorriam junto com o sêmen no seu rosto e cabelo. O batom vermelho estava completamente borrado. Ana não fez a menor menção de limpar a bagunça.

— Quem sabe se eu fizer de você minha bonequinha falante — respondeu Antonio, considerando as possibilidades. — Instalar um alto-falante no lugar da sua traqueia. Controlar o volume por controle remoto.

Seus pensamentos foram interrompidos por um apito de celular.

Antonio esticou o braço para a mesa de cabeceira ao lado da cama e pegou os dois celulares. Um grande, com capa preta, o outro menorzinho, com capa de unicórnio. A mensagem era do menor. Era o quarto recado quase idêntico enviado durante os últimos dias. Antonio olhou a foto da menina negra de cabelo laranja e óculos de aro grosso.

— E aí? Quer ir na festa da Ariane? — perguntou Antonio para a menina ao seu lado.

— Você sabe que não, chu — ela respondeu. — Só quero ficar aqui com você.

Antonio sorriu, com o celular da namorada na mão e todas as possibilidades de interação digital na ponta de seus dedos.

— Não posso — Antonio fez uma voz muito aguda enquanto digitava. — Nesse fim de semana, vou chupar meu namorado.

— Cala boca! Eu não falo assim!

— Você fala do jeito que eu quiser.

— É verdade — ela respondeu, sempre entre risadinhas.

Antonio sorriu. Adorava fazer a namorada dar risada. Apagou a última parte da mensagem. Digitou de novo. Colocou um *emoji* de unicórnio. Ficou satisfeito.

Espreguiçou-se e virou para Ana:

— Agora é hora de você tomar um banho que *cê* tá nojenta.

Capítulo 6

Uma das coisas que Gabriela mais gostava de fazer nas férias era ler livros longos. Ou sagas inteiras. Mergulhar de cabeça em coleções de cinco ou sete calhamaços e viver naquele universo. E só nas férias não havia as perturbações costumeiras da escola, lições de casa ou aulas de inglês. Haviam apenas tardes inacabáveis e mundos fantásticos a serem explorados por cerca de duas mil páginas.

A saga da vez era uma aventura pós-apocalíptica. Em cinco volumes, um grupo de pessoas sobrevivia ao fim do mundo e lutava contra a fome, epidemias mortais, os avanços da natureza selvagem, zumbis e – o mais assustador – seus próprios traumas. Gabriela devorara os dois primeiros volumes enquanto Taís estava na praia e constatou que o mundo, após o fim do mundo, era muito mais complicado do que poderia parecer.

Gabriela separou um copão de suco de laranja gelado e deitou na poltrona mais confortável da casa, onde batia a brisa da janela aberta. Ela já estava lá na centésima página quando ouviu o celular zumbindo. Devia ser Taís mandando alguma foto de gatinho idiota, mas bem que poderia ser Ana. Gabriela pegou o celular. Era Ana.

"Não posso. Nesse fim de semana, tem festa da família do meu namorado."

Gabriela respirou fundo. Não lembrava a última vez que Ana tinha aceitado qualquer proposta para sair.

"Você nunca mais vai sair com suas amigas?"

Gabriela rolou a tela para baixo, para ler algumas mensagens antigas. Ana tinha combinado de passar alguns dias na sua casa. Uma espécie de festa do pijama prolongada, para compensar que nenhuma das duas iria viajar no Ano-Novo. Elas iam fazer drinks de vodka com pêssego em calda, ver filmes de terror e Ana ia contar os detalhes sobre como foi perder a virgindade. Gabi tinha até preparado uma *playlist* e uma lista de perguntas.

No dia anterior, porém, Ana ligou cancelando. Do outro lado da linha, Gabriela ouviu Ana dando risadinhas e os sons distintos de beijos molhados sendo dados em seu pescoço.

— Por que você não vem pra cá, amiga? — sugeriu Ana. — Aproveita e conhece o Antonio.

— Nossa, vou super. Me passa o endereço por mensagem?

O endereço chegou dentro de alguns instantes, mas

Gabriela decidiu que preferia passar o Ano-Novo sozinha com os pais do que segurando vela. Ana não pareceu importar-se muito e prometeu passear com as amigas quando Taís chegasse da praia.

Desde então, todas as conversas tornaram-se lacônicas e unilaterais. Talvez Ana tivesse ficado mais chateada do que parecia estar.

Gabriela espreguiçou-se. Descansou o celular no braço da poltrona. Pelo menos por alguns momentos, preferia ficar longe das telas e das tretas *on-line*. Preferia enfurnar-se em mundos de mentira que não a machucavam. Preferia, inclusive, nem esperar a resposta da amiga. Ela provavelmente demoraria mais algumas horas para responder, como vinha fazendo. Como se já não houvesse nada para fazer nesse lixo de cidade.

Pegou o livro do colo, aberto no ponto onde a leitura tinha sido interrompida. Os zumbis tinham acabado de entrar na cidade. Gabriela precisava saber se o casal pelo qual torcia desde o primeiro livro conseguiria ficar junto. E também se eles sobreviveriam até o próximo volume da saga.

O celular zumbiu.

Gabriela esticou o braço preguiçosamente. O vício era maior que a curiosidade. Os zumbis podiam esperar um pouco mais.

O rosto de Ana, com o cabelo bagunçado e mais maquiagem do que Gabi jamais a viu usar, respondia na tela de descanso do telefone:

"É que amo muito meu chu. Não consigo sair de perto dele."

Capítulo 7

Antonio mergulhou o sushi no molho de soja. Primeiro de um lado, depois do outro, até o arroz e o salmão ficarem completamente marrons.

— Odeio comida japonesa — disse Antonio. — Não tem gosto de nada.

Ele colocou o sushi inteiro na boca e mastigou. O garçom passou na mesa oferecendo mais chá verde. Antonio aceitou. Pediu para servir sua acompanhante também.

O garçom olhou para ela com dó. Para compensar a deficiência física, ela pesava a mão na maquiagem. E o resultado nem ficava tão bom. Ele tinha uns canais de beleza ótimos para recomendar, se ela quisesse. O problema maior, na verdade, era o cheiro. Achava de um mau gosto fora do comum usar perfumes tão fortes enquanto outras pessoas estavam comendo. Serviu o chá e afastou-se aliviado.

— Só venho aqui porque você gosta — disse Antônio, com um copo de argila em uma mão e camarão empanado na outra.

— Tem razão, da próxima vez, você escolhe o restaurante — Ana respondeu, sentada em sua cadeira de rodas.

— Eu sempre escolho.

— Isso.

Ana nem sequer tocava seus *hashis*. À sua frente, o prato de *shimeji* e a cumbuca de *missoshiro* esfriavam devagar.

Capítulo 8

Gabriela acordou assustada com o telefone tocando. Oito horas da manhã. Era sábado, não era? No meio das férias. Será que alguém morreu?

— A Ana Clara tá aí? — A voz do outro lado parecia uma professora rígida, cobrando matéria que não tinha sido dada.

— Q-quem é?

Gabriela mal abria os olhos.

— É a Paulina, mãe da Ana Clara, Gabriela. A Paulina. Não reconhece minha voz?

Gabriela sentou-se na cama, derrubando a tartaruga marinha de pelúcia no chão. Esfregou os olhos. Há anos não via a mãe de Ana, quase não se lembrava do nome de Tia Paulina.

— Reconheço, reconheço sua voz, sim, Tia Paulina, claro. Só não lembro de ter te dado meu número.

— Não deu mesmo. Eu procurei nos cadernos da Ana Clara. Demorou. Tive que procurar nuns cinco, mas eu consegui achar, sempre acho. No meio daquele monte de desenho, de poema, só bobagem. Enfim. A Ana Clara tá aí?

— Quê?

— Na sua casa. A Ana Clara. A Ana Clara tá aí?

— Ela não tá em casa?

— Acho que você não tá me entendendo. Semana passada, a Ana Clara foi pra casa do pai dela, teimosa que só. Discutiu rapidinho comigo e achou melhor dar o fora de casa. Aí decidi que era melhor dar o espaço dela, ver se ela se acalmava. E eu também estou trabalhando tanto e tô tão cansada que achei melhor nem tocar no assunto por enquanto. Só que liguei lá e cadê? Aquele irresponsável do pai dela disse que ela nunca nem tinha pisado lá. Pode isso? Eu que tenho que cuidar de tudo. Então, ela só pode estar na sua casa, só pode. Revirei tudo dela pra achar seu número. Perguntei se a Ana Clara está na sua casa. Na *sua* casa.

Gabriela perdeu-se um pouco entre as falas de Tia

Paulina, enquanto se lembrava por que não gostava de passar os fins de semana na casa da Ana. Por que os programas quase sempre foram na casa da Taís. Há algumas semanas, Ana tinha mencionado, de passagem, que iria dormir umas noites fora porque tinha brigado com a mãe. Ela arrumou uma mochila para fugir de casa e tudo.

Gabriela apoiou o cotovelo no joelho e massageou a testa.

— Não, Tia Paulina. Eu não vejo a Ana há um tempão. Desde o começo das férias — ela respondeu com voz fraca. — A gente só tem se falado pela internet. Será que ela não tá na casa do namorado?

O telefone ficou mudo por um instante. Gabriela sequer conseguia ouvir Paulina respirar.

— Namorado? Ela nunca me disse que namorava! Mas eu também trabalho tanto que não tenho nem tempo de acompanhar tudo que ela apronta. Será que ela tá se cuidando? Vai ficar muito feio pra mim se essa menina aparecer grávida aqui em casa... Ou doente. Imagina? Ai, ela pode ter pego tanta coisa, HPV, herpes, condiloma... Imagina se pega AIDS, o trabalho que vai me dar...

— A Ana é inteligente, Tia, tenho certeza de que ela tá se cuidando, sim. Só que eu não tenho o telefone dele pra te passar, descu... —

— Tudo bem, minha filha. Se você souber de qualquer coisa, me fala.

— Mas eu já te...

E Gabriela percebeu que o telefone havia sido desligado. Olhou para o celular. Pensou se deveria avisar Ana, se deveria contar o que acabou de acontecer para Taís, se deveria ficar mais preocupada. A mãe de Ana sempre foi tão irritante e exagerada que não dava para levar muito a sério.

Recuperou a tartaruga marinha, colocou o celular no

silencioso e voltou a deitar. Era sábado. De férias.

Capítulo 9

Hoje fazia quinze anos que o senhorzinho da Rua Treze ia ao parque todos os domingos. Ele se lembrava da data exata porque começou a vir no vigésimo quinto aniversário de casamento, junto com sua falecida esposa. A senhorinha da Rua Treze era uma belezinha de mulher e adorava comprar pipocas para dar aos pombos da praça.

Depois de cinco anos separados, o velho sentia que continuar seus rituais era o que mais o aproximava da esposa. Além dos pombos da praça, mantinha o hábito de colocar duas xícaras decoradas com borboletas sempre que fosse tomar o chá da tarde – mesmo que nunca tivesse aprendido a fazer chá com o mesmo esmero da mulher.

Então, todos os domingos de manhã, ele recolhia o jornal, fazia duas xícaras de café — uma com açúcar, outra com adoçante — e resolvia as palavras cruzadas enquanto tomava os dois cafés. Depois de escovar-se e vestir a boina, pegava a bengala e descia para o parque.

Comprava pipocas do vendedor do parque, que gostava de chamar o senhorzinho de "doutor" — e ele gostava de ser chamado de "doutor" —, e sentava-se no mesmo banco de madeira pintado de branco, exatamente entre o coreto e o riachinho, para dar pipocas aos pássaros.

Hoje, no entanto, não dava para sentar no seu banco.

Ele nem sabia que os jovens delinquentes de hoje em dia eram capazes de acordar tão cedo, ainda mais para ir ao parque e sentar-se no seu banco. Eles não prefeririam jogar *videogame* e derreter seus cérebros olhando os celulares? O senhor não via problema algum em dividir o banco com outras pessoas, é claro, mas tinha alguma coisa absolutamente repulsiva naquele casal.

O rapaz tocava uma música da sua própria juventude no violão. Bem-vestido, o cabelo um pouco bagunçado, óculos, cara de intelectual. Um bom rapaz. Mas o senhor de boina e bengala não conseguia acreditar que a moça a seu lado tivesse qualquer relação com o bom rapaz.

Encolhida em cima da sua cadeira de rodas, a garota não parecia dar a mínima bola para a serenata de seu parceiro, tão esforçado. As mulheres deveriam, sim, ser recatadas e bem-educadas, mas era de bom grado que demonstrassem ao menos um pouco de vivacidade. Além de aleijada, essa menina com certeza usava alguma substância ilícita. Só isso, aliado à imundície de seu cabelo, explicava o cheiro de podridão que vinha dela, mesmo à distância. Esses jovens, perdendo a vida para as drogas.

Pela primeira vez em quinze anos, o velho comeu uma pipoca. Comeu uma pipoca e andou alguns metros. Sentou em outro banco, com outra vista para o coreto e alguns metros mais distante do riachinho. Continuou comendo as pipocas até o fim do saquinho, já que agora estava instaurada a anarquia.

Do seu novo banco, ainda conseguia ouvir o jovem rapaz cantarolando para sua amiga, que mais parecia uma boneca de porcelana suja.

Will you still need me
Will you still feed me
When I'm sixty-four [2]

---

2   "When I'm Sixty-Four", canção escrita por Paul McCartney (creditada a Lennon–McCartney) presente no álbum "Sgt. Pepper's Lonely Hearts Club Band".

Capítulo 10

Taís encheu dois copos de suco de laranja em cima da mesa da cozinha. Uma gota do líquido respingou em cima da capa do DVD de "O Exorcista". Taís não se deu ao trabalho de limpar, havia coisas mais importantes para resolver.

— Tá com fome? — perguntou Taís. — Tem essas bolachinhas que minha mãe ganhou de um cliente, pode pegar. Acho que é importado.

Gabriela esticou a mão para a lata no centro da mesa. Apesar da personalidade hostil, ela sabia que Taís adorava receber. A melhor parte de ver filme na casa da amiga era comer comidinhas gostosas em pratos bonitos. Os biscoitos amanteigados de hoje, por exemplo, eram branquinhos e macios.

— Pelo menos tem bolachinha — suspirou Gabi, fazendo uma careta. — Pra compensar o filme bosta.

— Ah, Gabi, clássico é assim. — Taís andava pela cozinha, trazendo louças bonitas para a mesa. — Filme antigo nem dá medo hoje, mas imagina ver aquelas mensagens subliminares na época em que foi feito?

— Que subliminar, o quê? Ficou uma meia hora na tela aquela bosta.

— Passa doce de leite na bolacha e para de reclamar, vai.

— E, pô, *O Iluminado* dá medo ainda. Só não precisa recorrer a vômito e estupro de cruz pra isso.

— O nome disso é *body horror* e é uma arte — zombou Taís, enquanto se sentava à mesa. — É que hoje em dia o diabo é a coisa menos assustadora que pode entrar na gente.

Finalmente Gabi riu. Um riso meio azedo, meio sem

graça. Ficou olhando a bolacha que acabara de pegar e ficou em silêncio por alguns momentos.

— Preciso te contar uma coisa estranha que aconteceu no sábado — anunciou Gabriela, finalmente.

Taís levantou os olhos da própria bolacha, curiosa.

— Você acabou mesmo indo na festa da Ariane?

— Claro que não, louca! Imagina se eu ia sozinha?

— A Ana não quis mesmo ir com você, não? — O sorriso de Taís recolheu-se um pouco e uma gota de amargura escorreu pelo canto dos lábios.

— Não... Mas meio que tem a ver com isso. — Gabi suspirou, abaixando o olhar. — A mãe da Ana me ligou.

— Tem *meio* a ver? — Taís arregalou os olhos. — E o que ela queria com você?

— Queria saber se ela tava na minha casa.

— A Ana não tá na casa dela?

— Foi o que a mãe dela me disse.

Taís levantou-se e voltou a andar pela cozinha. Foi pegar colherezinhas de sobremesa e colocou-as ao lado dos pratos de cada uma delas. Pegou geleia de damasco da geladeira. Faria todas as tarefas domésticas possíveis para não ter que pensar naquilo.

— Ela deve estar na casa do namorado, né? Ela sempre tá lá.

— Foi o que eu disse.

— E ela foi atrás da Ana, na casa do namorado?

— Não sei. Ela não tinha o endereço e desligou na minha cara antes de eu conseguir dar.

— E você vai dar o endereço?

— Eu não, não quero me envolver mais nisso.

Gabriela colocou o biscoito amanteigado na boca. Eles tinham gosto de Leste Europeu, quase dava para ver os relógios antigos e sentir o frio.

— Mas faz tempo? A Tia Paulina é tão egocêntrica

que é capaz de a Ana ter sumido há meses e ela nem ter percebido — disse Taís, sentando à mesa e pegando um biscoito para si mesma. As palavras amargavam até o mais leves dos doces.

— Bom, a Ana me falou que tá na casa dele desde o Ano-Novo. Acho estranho ela não ter dito nada pra mãe dela.

— Faz quanto tempo que ela não fala nada com a mãe, né?

O biscoito pesou no estômago de Gabriela. Ana estava mesmo meio esquisita ultimamente.

— Taís, acho que precisamos fazer alguma coisa.

— O pior que pode ter acontecido é a Ana ter fugido de casa pra ficar longe da louca da mãe dela.

— Na real, a mãe dela disse que elas brigaram faz uma semana e ela ia na casa do pai. — Gabi falava vagarosamente. — Não lembro direito, eu tinha acabado de acordar.

— Só que aí ela perguntou pro pai e ele não sabia nada, né? — dava para ouvir Taís mudando de temperamento enquanto pronunciava cada sílaba. — É bem a cara dos pais dela.

— Lembra quando a mãe da Ana faltou na formatura da 8ª série porque foi viajar com as amigas?

— *Putz*, e aí o pai dela esqueceu da data e também não foi? — Gabi riu.

— E aquela vez que a tia Paulina ficou lembrando da própria formatura da faculdade, que era no dia do aniversário de 15 anos da Ana?

— 15 anos de filha, 20 de arquitetura! Olha, tá de parabéns, muitas conquistas. — Gabriela ergueu o copo de suco como se fosse um troféu. — Tadinha da Ana, parece que os pais nem ligam pra ela.

— Ainda bem que ela tem a gente. — Taís abriu um

sorriso.

— Sempre vai ter — murmurou Gabriela.

Taís baixou a cabeça. Por um segundo, tinha esquecido sua raiva e sentiu falta de não a ter.

— Será que ela ainda lembra da gente? — sussurrou Taís, para dentro do copo de suco.

Gabriela permaneceu em silêncio até terminar suas bolachas. Depois de uns quinze minutos, ajudou Taís a lavar a louça e voltou para casa.

Capítulo 11

Era sábado. A médica gostava dos sábados porque adorava receber os empregados que cuidavam de sua casa. Seu Jairo, para cuidar do jardim, e Glória, que era um presente de Deus e cuidava da casa há mais de dez anos. Impossível viver sem.

Outro ritual de sábado era fumar na varanda do quarto e observar o condomínio de cima. Recostava o corpo no parapeito e olhava seu Jairo plantar as orquídeas, a criança da vizinha brincar com o *golden retriever* no quintal e a piscina de Dona Bete. A médica gostava especialmente da casa de Dona Bete, um belo sobrado com uma piscina, um pequeno jardim e uma casa dos fundos, onde abrigava o filho.

Por trás de toda aquela tranquilidade, um segredo: ambas as mulheres mantinham uma espécie de guerra silenciosa. Enquanto Bete tinha uma piscina, ela tinha um jardineiro. No lugar de uma cascata artificial e luzes multicoloridas, plantas exóticas e árvores frutíferas.

A doutora bateu a ponta do cigarro no cinzeiro de murano apoiado no parapeito, trazido pelo filho de suas últimas férias pela Itália. A batalha doméstica, é claro, incluía a prole. Ela tinha acompanhado Antonio crescer.

Desde criança, quando jogava futebol, até os prêmios em competições de matemática. Hoje era um homem adulto, que morava nos fundos da casa da mãe e tomava banhos de piscina aos finais de semana.

    Ela invejava um pouco a vizinha, é verdade. Gostaria que seu filho, que estudava Medicina em outro estado, também continuasse morando com ela. Ela não tinha essa casa enorme à toa. Na falta da rotina de um filho para acompanhar, observava Antonio dando braçadas de um lado para o outro do retângulo azul. No meio da piscina, uma garota boiava com os braços abertos e o rosto virado para o sol forte de janeiro. Sequer usava óculos escuros. Quando se aproximou o suficiente, Antonio parou de nadar e deu um beijo em seu rosto. A garota reagiu pouco, balançou o corpo e continuou boiando.

    Voltando dos seus pensamentos, a senhora demorou para perceber que Glória entrara no quarto e estava quase terminando de guardar as roupas limpas no armário.

    — É esquisito, não é, Glória? — ela comentou, soltando a fumaça do cigarro, ainda olhando para a piscina da vizinha. — Ela só fica parada boiando. Nem conversa com ele. Se fosse na minha época...

    Glória guardou a última *lingerie* na gaveta. Levantou e esticou as costas.

    — Essa menina tá é morta, doutora.

    A médica voltou a olhar pela janela, curiosa. A menina continuava boiando na piscina, movendo-se devagar com o vento. Antonio agora estava recostado na borda, bebericando uma lata de cerveja recém-aberta. A doutora sabia escolher seus adversários muito bem – e prezava por certa excelência. Glória tinha razão, aquela menina estava completamente morta por dentro se não soubesse aproveitar uma oportunidade daquelas.

— Eu, hein. — Apertou o cigarro no cinzeiro importado.

Capítulo 12

Taís gostava de lavar a louça. Apesar de não gostar de arrumar mais nada na vida, ela gostava de lavar louça. Ver a água cair na porcelana ou no vidro e levar embora toda a sujeira trazia quase a mesma satisfação de tomar um bom banho. Era a pausa no meio do dia necessária para colocar as ideias no lugar.

Ela também tinha com o que barganhar pelo fato de nunca limpar o próprio quarto.

— Já tá lavando a louça, filha? Tá tão cedo.

Betânia, a mãe de Taís, chegava muito tarde em casa, muitas vezes depois de a filha fingir estar dormindo.

— Você é que chegou cedo.

— Tive um dia cheio no escritório. Precisava sair, tomar um ar. Vamos pedir um chinês? Vai botando a mesa que eu preciso tirar essa roupa.

Taís não se lembrava exatamente do que a mãe fazia. Achava que era advogada, mas não tinha certeza. Ela achava engraçada a forma como os adultos conseguiam puxar conversa com desconhecidos com tanta naturalidade. Fazia muito tempo que não falava com a mãe, não de verdade.

— E o papai? — Taís perguntou, organizando os talheres por tipo no escorredor. — A gente não vai esperar ele?

— Não, filha. Ele tá no Rio, só volta na segunda.

— Nossa, nem me avisou...

— E faz diferença, filha? Você tá de férias igual e já tem idade pra pegar Uber pra onde quiser ir.

— E eu lá vou gastar dinheiro com Uber, mãe?

— Não quero ver você andando de ônibus, hein? Que perigo.

Taís não respondeu. Riu sozinha na cozinha enquanto botava a louça na mesa.

Alguns momentos depois, Betânia entrou na cozinha ampla e bem-iluminada ainda com o cabelo molhado.

— É tão bom chegar em casa, né, filha? E essa louça chique? É alguma ocasião especial?

— É porque você vai jantar comigo, mãe.

Betânia sorriu. Taís sorriu também. Era mentira. Taís usava a louça cara que a mãe guardava nas prateleiras mais altas todos os dias. Não via motivo para ter coisas bonitas se não fossem usar.

A campainha tocou.

– Você pega?

– Pego.

Passar macarrão com molho de soja da caixa de papelão para a vasilha de louça.

— *Hashi* ou garfo e faca?

— Não consigo usar esses pauzinhos. Usa você, que é jovem.

Parecia errado usar talheres de madeira barata que soltavam farpinhas junto dos pratos de porcelana com borda dourada. Na mesa, Taís fazia de tudo para deixar as coisas perfeitas, mas às vezes tudo continua um pouco fora de lugar.

— Mãe...

O *yakissoba* estava quase na metade quando Taís finalmente criou coragem de puxar assunto:

— Você lembra da Ana, minha amiga? Ela vivia aqui em casa.

— Claro, filha, lembro de todas as suas amigas. Aquela moreninha de óculos, né?

— Negra, mãe. Aquela é a Gabi. A Ana é loira, morava numa casa grande. Filha da Tia Paulina.

— Sei, sei. Claro que lembro. O que tem ela?

Taís achava curioso que a mãe não olhasse em seus olhos para conversar. Ela dividia a atenção entre os talheres, o guardanapo e o celular, que mantinha ao lado, para o caso de alguém ligar do trabalho.

Taís respirou fundo e continuou, sem saber bem por quê.

— Faz um tempão que ela só sai com o namorado e não fala mais comigo nem com a Gabi.

— Ai, minha filha, isso é normal. Na sua idade, eu só tre... Eu só namorava também.

— Mas ela nem parece que sente nossa falta...

Pela primeira vez durante o jantar, Betânia olhou para Taís. Não foi um olhar profundo, daquele de matriarca que sabe das coisas. Foi um olhar furtivo, meio com vergonha, que logo voltou a direcionar-se aos talheres.

— Olha, Taís. Acho que tá na hora de você arrumar um namoradinho também, não acha? Você fica aí jogando *videogame* e usando essas roupas de menino, todo mundo já acha que... Não. Deixa pra lá.

— Todo mundo já acha o quê?

— Nada não, minha filha, deixa pra lá. Já terminou? Vou tirar isso aqui, colocar na lava-louças.

Taís odiava a lava-louças. Era uma máquina que fazia mal o que um ser humano era perfeitamente capaz de fazer sozinho. Sempre sobravam restos de comida grudados na cerâmica.

Capítulo 13

Ele a observava na banheira. O rosto de Ana flutuava levemente na superfície da água enquanto suas orelhas permaneciam submersas. O cabelo formava um halo de vitória-régia adornando a cabeça. O corpo delicado e nu estava quase todo sob a água, com exceção das pernas dobradas para fora e dos bicos dos seios, que quebravam a superfície do líquido.

— Você é tão linda quando tá quieta, meu amor.

— Ai, chu... — respondeu Ana, dando risadinhas.

Antonio acariciou os seios molhados, fazendo todo o corpo balançar devagar de um lado para o outro.

— Você gosta de me agradar, não gosta?

— É claro que eu gosto.

— Você é *quase* perfeita, sabia? — disse Antonio. — Só tem uma coisa que eu queria mudar.

— É meu nariz, não é? — disse Ana. — Eu sempre odiei esse ossinho de judia, mesmo...

— Bom... Vamos ter que dar um jeito nisso.

Antonio colocou uma das mãos sob a cabeça de Ana. Aproximou a mão livre do rosto da namorada devagar. Pressionou o osso do nariz para cima até estalar.

— Antonioooooooo — veio a voz de Dona Bete da cozinha. — Não quebra nada que não consiga consertar!

— Me deixa, velha!

Antonio sorriu. Ana sorriu de volta para ele.

Agora, sim, Ana estava perfeita.

Capítulo 14

— Olha isso, Taís. Acho que ela fez uma plástica.

Gabriela estendeu o celular para a amiga, enquanto esperavam o ônibus passar. Era uma tarde quente de janeiro, logo depois do almoço. Gabriela sentia o sol arder na nuca e nos braços. Arrependeu-se de não ter passado protetor solar.

— Você precisa sair da internet. Urgente — afirmou Taís, pegando o objeto e tentando olhar a tela brilhante.

Taís tampou o visor com a mão, opaco com o sol forte. Suspirou alto quando conseguiu decifrar a imagem. — Nossa, minha mãe chia até quando eu pinto o cabelo.

Ela devolveu o aparelho para a amiga, evitando olhar por muito tempo. Taís sentiu a pedra que estava na garganta descer para o estômago. De repente, a rua movimentada ficou muito silenciosa, como se estivesse de luto.

— Taís — Gabriela interrompeu o silêncio. — Alguma coisa tá muito errada.

Taís saiu do seu estado letárgico, piscando os olhos rapidamente.

— Claro que não, sua louca. Ela só quis fazer uma plástica no nariz. O corpo é dela, ela faz o que quiser.

— Mas olha como ficou tosco!

— Às vezes, cirurgias ficam toscas na hora, é normal. Depois elas melhoram.

Mesmo no verão acima de trinta graus, Gabriela sentiu um tremor descer pela coluna.

— A mãe da Ana é louca de deixar ela fazer isso — disse Gabriela.

— A mãe da Ana sempre foi louca. Capaz de ela mesma ter sugerido. Falado que ia ficar mais bonito, sei lá. Ela é cheia dessas.

— Sei lá, quando ela me ligou, parecia muito mais que queria esconder a filha do que fazer ela se destacar.

— Bom, o nariz da Ana é uma coisa que destaca. Era, né...

Gabriela voltou sua atenção novamente ao celular, tentando distrair-se da mudança radical da amiga e da possibilidade de mais uma violência silenciosa da mãe dela. Taís, que achava o nariz de Ana um de seus maiores charmes, ocupou-se observando uma mosca numa teia de aranha no ponto de ônibus. A mosca debatia-se exaustivamente, tentando sair da armadilha. Quanto mais se esforçava, mais ficava presa na seda pegajosa. Do outro lado da teia, a aranha grande e preta aproximava-se devagar.

— Quero tirar essa mosca daí — disse Taís.

— Há? — fez Gabriela.

— Nada não — respondeu Taís.

Gabriela ignorou Taís e voltou a falar:

— É tipo a vez que a Ana queria cortar o cabelo curto e a mãe dela fez um escândalo. Ou a vez que ela apareceu com um vestido nada a ver e padrãozinho na festa de formatura da oitava série porque a mãe comprou sem falar nada.

— A mãe da Ana é foda — concordou Taís, com um misto de tristeza e raiva na voz. — Vai ver é por isso que ela vive com o namorado agora.

Fazia diferença tirar uma mosca morta da teia de uma aranha? Taís sujaria as próprias mãos de visco e ainda corria o risco de a aranha subir nela. Taís, na verdade, adorava aranhas, mas tinha nojinho das teias, dos fios longos e finos demais, como se fossem cabelos de fantasmas. Além do mais, a mosca só tinha parado lá por conta da própria burrice.

Gabriela impeliu a amiga para dentro do ônibus. Subiram os degraus altos demais, até para duas jovens em boa forma física. Taís sentia sempre que estava escalando uma montanha ao pegar o transporte público, chegava no cobrador exausta de ter que se empurrar escada acima com uma mão enquanto segurava o celular, o Bilhete Único e o que mais tivesse na outra.

Por sorte, o ônibus estava vazio o suficiente para que Gabriela pudesse procurar o próprio cartão na bolsa, sem medo de que formasse uma fila às suas costas. Ela o passou no sensor enquanto Taís já esperava do outro lado da catraca. A cobradora dormia com o caça-palavras aberto em cima do peito largo.

— A gente vai ter que ficar em pé, né? — perguntou Taís, desanimada.

— Assim a gente finge que tá andando de *skate*.

— Sua síndrome de Poliana me tira do sério às vezes. Eu nem consigo segurar a barra.

— Então. Anda de *skate*.

Gabriela dobrou os joelhos suavemente e abriu os braços como se estivesse fazendo manobras radicais pela cidade. Taís riu, percorrendo o ônibus com o olhar, atrás de duas cadeiras vazias.

— Ah, tem aquelas duas lá no fundo.

Não era o ideal. Dos cinco bancos colados, apenas as duas cadeiras do meio estavam desocupadas. No lado esquerdo, um casal trocava afagos e sussurros. No direito, um homem grande sentava com as pernas esparramadas. Teria que ser o suficiente.

Taís espremeu-se ao lado do homem, deixando que Gabriela se sentasse ao lado da mulher. Imediatamente, Gabi fincou o pé na barra do ônibus, tirou o telefone da bolsa e começou a rolar para cima com o dedão.

— Não sei como você consegue olhar pra qualquer coisa no ônibus — refletiu Taís. — Eu fico superenjoada.

— Você tem que ir junto com o fluxo, amiga. Pra viagem passar mais rápido.

Taís olhou pela janela, para a mesma paisagem de sempre. As casas velhas, as árvores esparsas, as calçadas inacabadas, todas fervendo sob o sol. Deu-se conta do próprio suor, encolhendo-se ainda mais para que seu antebraço não roçasse tanto nos pelos grossos do homem ao lado. Ele não fez a menor menção de mover-se.

— Armaram um parque de diversões na Lagoa — comentou Gabriela, sem tirar os olhos da tela.

— Sim, desde antes do Natal — respondeu Taís, ainda olhando a paisagem para distrair-se dos pelos ao lado.

— Armam todo ano.

— Este ano a gente podia ir, né? — Gabriela finalmente olhou para Taís, abrindo um sorriso. — Vamos?

Taís encarou Gabriela de volta.

— Vamooos — insistiu Gabriela. — É um lugar diferente! Já é a terceira vez esse mês que a gente vai pro cinema no mesmo *shopping*. E lá é tão zoado que tenho certeza de que não vamos encontrar nenhum idiota da escola lá.

— Meu, aqueles brinquedos todos têm cara de que vão enferrujar e se desfazer a qualquer momento. Só de olhar já causa acidente. A gente vai morrer naquela montanha-russa.

— Pelo menos a gente morre feliz. Comendo algodão-doce feito na maquininha.

— Eu gosto mais de ver o cara fazendo do que de realmente comer o algodão doce.

Taís olhou para as próprias mãos, imaginando uma aranha envolvendo uma mosca em algodão-doce branco. O vento quente que entrava pela janela aberta carregava o cheiro de suor do homem ao lado, que a invadia ainda mais quando seus corpos encostavam-se enquanto o ônibus sacudia. O *shopping* ficava a pelo menos mais 30 minutos de viagem. Taís deitou a cabeça no ombro de Gabriela, segurando o enjoo, para acompanhar a *timeline* da amiga, cheia de animais e ilustrações. Gabriela estendeu um lado do fone de ouvido para Taís, que o aceitou como se fosse um cafuné.

Alguns pontos depois, Gabriela e Taís tiveram que se manobrar para deixar o casal ao lado de Taís descer. Segurando a bolsa, o celular e os fones, levantaram-se sem jeito, para ocuparem os lugares vagos na janela logo em seguida.

Taís respirou fundo e abriu um sorriso:

— Então, sábado no Parque da Lagoa?
— Sábado.

Capítulo 15

O vendedor enchia balões de gás hélio todos os dias. No final do expediente, gostava de fumar maconha, esvaziar os balões na própria boca e ouvir sua voz distorcida. Durante o dia, no entanto, fumava escondido atrás do carrinho e vendia os balões para crianças e casais apaixonados. Não entendia por que casais apaixonados compravam balões. Talvez eles também gostassem de esvaziá-los nas próprias bocas, fumar um e ouvir suas vozes distorcidas no fim do dia. Certamente recomendava. Ou talvez o amor fosse só uma desculpa para voltar a ser criança. Ele não sabia direito, só viajava junto com o parque nômade e vendia balões.

Sábado era sempre mais agitado. Cheio de crianças e casais apaixonados. O vendedor finalmente conseguiu um tempinho para esconder-se atrás do carrinho e ter um pouco de paz. Acendeu o baseado e ficou ouvindo o buchicho do parque. As crianças gritando ao fundo, o som de metal raspando enquanto a montanha-russa frágil corria nos trilhos, gente rindo. Uma voz mais alta destacou-se.

— Quer um balão, amor?

O vendedor fechou os olhos. Tentou ignorar. Não ouviu uma resposta. Torceu para que isso quisesse dizer que o casal tinha ido embora. Não quis. Ouviu a mesma voz, novamente.

— Olha só, tem de unicórnio. Mas tem de golfinho também.

Silêncio.

— Quanto será que é? Cadê a pessoa que trabalha

aqui? Oooooi!!

O vendedor levantou-se contrariado, abriu espaço entre os balões. A voz vinha de um homem corpulento cujos olhos estavam escondidos por trás dos óculos de aro grosso e uma franja de cor castanho-claro. Apoiava todo o seu peso nos punhos de uma cadeira de rodas simples, onde uma garota estava sentada. O vendedor vestiu seu melhor sorriso de palhaço.

— Precisa de alguma coisa? — ele perguntou. — E você, princesa?

Virou-se para a cadeirante, dando-se conta de sua magreza. Piscou uma vez, evitando encará-la, educadamente. Coitada, o que será que ela tinha, se nem conseguia conversar? Piscou duas e então percebeu. Não, não podia ser. Por que esse cara estava arrastando um cadáver numa cadeira de rodas pelo parque? Por que ele estava conversando com ela?

Jogou no chão o béque que segurava abaixo do carrinho. Piscou mais uma vez e torceu o pé em cima do baseado recém-enrolado. Só podia ser rebote do doce que tinha tomado no fim de semana. Precisava parar com as drogas.

Capítulo 16

O vendedor de balões continuava em estado de choque quando as meninas chegaram. Estava paralisado olhando o ponto exato onde o casal esteve momentos antes.

— Olha o unicórnio, Taís! — disse Gabriela, apontando os balões. — Tem de golfinho também.

Taís percebeu o olhar vidrado do vendedor e estremeceu. Ela cochichou para a amiga:

— Acho que ele não vai vender nada pra gente, não...

Gabriela olhou de soslaio e abafou um riso. Voltou a observar os balões coloridos, um a um.

— Unicórnio sempre me lembra a Ana...

— Vamos combinar uma coisa? Hoje a gente não fala da Ana. Hoje a gente só vai se divertir.

— Vou mandar uma foto pra ela, pelo menos.

— Não, miga. Se ela estivesse a fim, ela tava aqui com a gente — a voz de Taís saiu mais agressiva do que ela pretendia. — Ela sumiu da nossa vida porque quis.

Gabriela fotografou os balões de qualquer jeito. Achou bonita a silhueta do unicórnio na contraluz do céu muito azul.

— Agora vem pra *selfie*!

Gabriela virou a câmera do celular e puxou Taís para perto de si. Enquadrando seus rostos com os balões coloridos. O sorriso de Gabriela contrastava com a mão de Taís, que cobria o próprio rosto.

— Ai, chata — zombou Gabriela, colocando a língua para fora. — Vou postar mesmo assim.

Taís revirou os olhos.

— Não me marca. Você sabe que eu odeio aparecer em foto.

Gabriela riu, escolhendo os *emojis* para a legenda.

— Agora a gente decide como prefere morrer — ela sugeriu, guardando o telefone. — Na montanha-russa ou na roda-gigante.

Capítulo 17

Jéssica sentiu um cheiro estranho. Ficou na ponta dos pés para ver quem estava comendo um sanduíche de carne apodrecida. Não queria que ninguém passasse mal na frente dela na montanha-russa. Que horror, todo aquele vômito voando pelos ares em *loopings* magníficos. Com certeza respingaria nela, e Jéssica odiava restos de comida de outras pessoas.

Não achou ninguém com comida estragada. Talvez fosse coisa da sua cabeça. Talvez estivesse cismada com sua própria carne moída que tinha estragado na última semana. Desde então, estava sentindo cheiro de carne ruim em tudo.

— Ooooh, Jéssi-ca. — O namorado chegou pertinho e cochichou em seu ouvido: — Tá sentindo cheiro de podre?

Jéssica satisfez-se de não estar ficando louca. Frequentemente achava que estava.

— Vêm os próximos seis! — chamou o operador da montanha-russa.

Jéssica viu o cara à sua frente puxar a namorada para o carrinho. Enquanto ele a levantava da cadeira de rodas e encaixava-a no banco, Jéssica percebeu que a moça mal se movia.

Jéssica tomou consciência, então, de que o cheiro de podre vinha dela.

— Ô, moço, tem certeza que sua namorada devia andar aí?

O rapaz corpulento encarou-a rapidamente. Jogou a cabeça para trás, para que a franja saísse de cima dos óculos.

— Menina — ele disse —, cuida da sua vida.

— Ô, Jéssica, que preconceito — reclamou o namorado, entrando no carrinho. — Só porque ela é aleijada você acha que ela não pode se divertir?

— Preconceituoso é você! É pessoa com deficiência que se fala!

— Ai, lá vem a Maria Probleminha de novo...

Jéssica cruzou os braços, olhando para fora do carrinho. O cheiro de podre continuava no ar. Devia ser realmente muito difícil se limpar quando você é tetraplégica. Jéssica respirou fundo. Hoje era para ter sido divertido.

Capítulo 18

Taís adorava ver o algodão-doce ser feito. O açúcar juntando-se em volta do palito como uma nuvem colorida antes da chuva. Ao seu lado, Gabriela apontava a câmera para o redemoinho.

— Vou filmar pra pôr na internet — avisou Gabriela, sorrindo.

— *Véi*, para de ser viciada em celular — respondeu Taís, os braços cruzados em cima dos seios. — Fica dando dinheiro de graça pra dono de rede social.

— Ai, me deixa. Cada um com suas manias. Você tem as suas também.

Houve um momento de silêncio entre as meninas enquanto Gabriela procurava o filtro certo para aquele momento.

— Acho que minha mãe me acha meio estranha — revelou Taís, finalmente.

Gabriela não respondeu imediatamente. Tirou o olhar do açúcar colorido e focou na confusão de monstros de metal entrelaçados no horizonte.

— Ah... É...?

— É, sei lá, ela disse que eu tava precisando arrumar um namorado.

Gabriela guardou o celular e pegou o algodão-doce. Agradeceu, simpática, e esticou o doce para a amiga.

— Foi superesquisito — Taís continuou, enchendo a mão de doce. — Será que ela acha que eu não gosto de menino?

Houve mais um momento de silêncio. Gabriela colocou um bocado de algodão doce na boca e sentiu o açúcar derreter devagar sobre a língua. O que ela poderia dizer agora?

— Olha, amiga... — ela começou, devagar, depois de um intervalo que parecia ter durado muito mais do que o necessário. — O importante é você saber quem você é.

— O que você quer dizer com isso? — protestou Taís, com as mãos nos quadris.

— Só que nossos pais são meio loucos, né? — despistou Gabriela. Ela não estava pronta para ter uma conversa tão profunda bem agora, em frente à máquina de algodão-doce. — Falam cada coisa. Vamos indo pra montanha-russa? A gente come na fila.

Capítulo 19

O namorado da Jéssica sentia as rodas do carrinho rasparem nos trilhos de metal enquanto subiam a primeira rampa lentamente. Via as cabeças do casal à sua frente emolduradas no céu claro sem nuvens. O carrinho chegou ao topo da subida e manteve-se imóvel por alguns segundos. Dava para ver todo o parque. Talvez até mesmo toda a cidade. Sentiu Jéssica segurar sua mão. Ele se lembrou do ressentimento que começava a sentir por ela. Ela andava tão difícil ultimamente, problematizava tudo, sempre. Apesar disso, ela continuava quentinha.

O carrinho soltou-se e desceu com um único ímpeto. Ele levantou as mãos. Viu o casal da frente levantar as mãos também. O carrinho ganhava cada vez mais velocidade. Ele sentia o carrinho pular a cada trilho. Viu os braços da menina à sua frente dançarem violentamente. Sentiu o próprio corpo espremido pela força gravitacional enquanto o carrinho preparava-se para um *looping*. Sentiu um forte odor de carne apodrecida vindo em sua direção, pior do que já sentira em toda a vida. Sentiu o peso do seu corpo voltar à direção normal enquanto o carrinho desacelerava. Ele sentiu o vômito quente de Jéssica em seu colo. Ele ouviu Jéssica gritar de algum lugar fora de seu alcance.

— Ela tá podre, Sami! Podreeeeee!

Ele sentiu seu ressentimento por Jéssica aumentar, enquanto ela gritava e limpava o que sobrou do lanche da própria boca.

Capítulo 20

A fila para a montanha-russa não estava tão longa. Umas vinte pessoas. Dava para entrar e sair do brinquedo quase imediatamente se você quisesse, se não tivesse vertigem ou labirintite demais. Mesmo com pouca gente, as correntes do corredor demarcavam um pequeno labirinto.

— Será que é seguro? — perguntou Gabriela.

— A ideia foi sua de vir aqui. Agora a gente tem que ir.

Gabriela não sabia por que andava de montanha-russa. Morria de medo de altura, mas gostava da sensação do corpo rodando em velocidades muito altas dentro de um carrinho pouco seguro. A adrenalina era viciante. Mas ela só conseguia andar de olhos fechados, com a cabeça apoiada na trava, como se fosse o bastião de sua preservação.

— Come mais, Gabi. Aí a gente não tem que jogar fora.

Gabriela colheu um tufo de algodão doce. O açúcar ainda estava na metade enquanto as meninas esperavam na fila. Comer a espuma cor-de-rosa com pressa, sem esperar que ele derretesse devagar, tirava metade da graça do ritual. O momento, mesmo que furtivo, foi interrompido por um grito de nojo e desespero.

— Podre, Saaaamiiii! Ela tá toda podreeee!

O casal que saía da montanha-russa cheirava a restos de refeições maldigeridas. O garoto ia na frente, sua camiseta pingando vômito e uma expressão de cansaço no rosto. Logo atrás dele, a menina completamente fora de si ainda limpava a própria boca com a barra da camiseta e tentava acompanhar os passos largos do rapaz à sua frente.

— Tem razão, Gabi, acho que a montanha-russa tá podre.

Enjoada, Gabriela cogitou jogar fora o resto do algodão-doce. Taís começou a indicar o caminho para fora da fila labiríntica. Talvez fosse melhor andar de carrinho bate-bate ou em um brinquedo menos perigoso.

E então Gabriela o viu a alguns metros de distância.

— Aquele não é o namorado da Ana? — Gabi apontou o casal saindo da montanha-russa, um pouco depois da menina que tinha passado mal.

— Ué, por que ele tá empurrando uma cadeirante?

— E se for a irmã dele?

— Mas ele viria sem a Ana, será? — desconfiou Taís. — Eles estão sempre juntos!

— Só tem um jeito de descobrir.

Gabriela sorriu e indicou o caminho para a amiga. As meninas foram se aproximando de Antonio e da moça tetraplégica que ele empurrava em uma cadeira de rodas. Alheio à sua movimentação, elas conseguiam ver Antonio conversando baixinho com a garota frágil.

— Ei, é a Ana — exclamou Gabriela, surpresa. — Nossa, ela quebrou a perna e nem avisou...

— Caralho, Gabi — gritou Taís, fincando as unhas no braço da amiga.

— Que é? Tá machucan...
Gabriela nunca tinha ido a um funeral. Taís só tinha visto cadáveres em filmes de terror. Mas, naquele momento, ambas tiveram certeza de que o corpo na cadeira de rodas quase sem carne, com pele amarelada e descascada, era terrivelmente real. Pelo tamanho, poderia ser de qualquer uma delas. Elas nunca se esqueceriam do cheiro.

Capítulo 21

Antonio odiava mulheres histéricas. O cara do banco de trás precisava controlar a mulher nervosinha dele. Por sorte, Ana já não fazia mais isso.

— Você se divertiu, amor? — ele perguntou para Ana.

— Uhum — fez Ana sem mover os lábios, lacônica como sempre.

Era assim que Antonio gostava. Silenciosa, consentindo.

Antonio empinou a cadeira de rodas com o pé e, segurando o equipamento com os dois braços, equilibrou-o para descer a pequena escada enferrujada. A cada degrau, Antonio batia os aros traseiros no metal, fazendo toda a estrutura da montanha-russa bambolear. A cabeça de Ana quicava junto com o movimento.

— Moço — apontou o operador do brinquedo. — Faz isso, não. Tem uma rampa aí, ó.

Antonio deu de ombros e continuou descendo da forma como preferia. Faltavam apenas dois degraus, afinal.

— Podia ter me dito antes, filho da puta — murmurou Antonio, irritado.

Ana, que sabia que precisava ficar ainda mais quieta quando o namorado estava nervoso, não se atrevia sequer a rir. Ela aguentou firme mais dois degraus de ferro desgastados abaixo.

O humor de Antonio não melhorou quando ele viu, a poucos metros da montanha-russa, a menina histérica e o cara que, com razão, a estava despistando.

— Você nunca vai armar um barraco desse e me envergonhar em público, né? — ele sussurrou.

Ana assentiu, sem dizer nada. Distraído, ele não percebeu as duas garotas que vinham correndo em sua direção.

— Ana! — O som estridente veio antes de Antonio notar sua imagem. — Quando foi que você quebrou a per...

A menina que falou era pequenininha, negra, tinha cabelo laranja e usava óculos de armação grossa. Ela começou a chorar como se tivesse ouvido a anunciação da própria morte. A outra era mais gordinha e usava roupas de menino. Ela parecia estranhamente calma, apesar de ter os dedos cravados no braço da amiga. Próximo às meninas, um algodão-doce cor-de-rosa comido pela metade rolava livremente com o vento. Grudava aos pouquinhos enquanto derretia e juntava um exército de formigas ao seu redor.

Antonio lembrou-se de todas as mensagens de texto, de todas as ligações, de todas as notificações da internet. Ainda bem que ele era muito mais inteligente que elas.

Capítulo 22

— Taís, né? — Antonio sorriu, estendendo uma das mãos para a garota.

Ela tinha visto o namorado de Ana uma única vez, mas era impossível esquecê-lo. Os olhos presunçosos, o sorriso mal-humorado, a roupa que nunca parecia cair muito bem. Antonio andava aos trancos e apoiava-se na cadeira de rodas. Apesar de estar sentada, os pés de Ana ficavam largados à frente da cadeira e eram arrastados pelo chão, as pontas dos sapatos carcomidas pelo asfalto. Parecia que Ana tinha sido carregada assim pelo menos uma dezena de vezes. Taís não soube como reagir.

— E você deve ser a Gabi, se não me engano. — Antonio virou-se para Gabriela, abaixando a mão estendida.

Gabriela limpou os olhos, mas não conseguia parar de chorar. Como era possível?

Ela viu os dedos gordos de homem desengonçado lamberem o cabelo pegajoso de Ana.

— O q-que você fez com ela? — balbuciou Gabriela.

— O quê? — Antonio abriu ainda mais o sorriso. — Ela tá perfeita.

A cabeça de Ana pendia para a frente, o cabelo loiro escondendo o rosto.

— Por que ela tá numa cadeira de rodas, Antonio? — perguntou Taís devagar.

— Ah, a Ana é superdesajeitada, né? Sempre caindo. Sorte que tô aqui pra cuidar dela.

Ele forçou uma risadinha aguda. As duas meninas estremeceram.

— Bom, foi ótimo ver vocês. A Ana tá morrendo de saudade, ela sempre fala de vocês.

— Ela tá b-bem aqui — disse Gabriela.

— Por que você não fala com elas, Ana? — perguntou Antonio.

Antonio puxou a cabeça de Ana para trás. Um verme deslizou da sua boca entreaberta. Gabriela parou imediatamente de chorar. Taís não conseguia sequer se mover.

— Acho que ela não quer falar com vocês — disse Antonio. — E, vocês sabem, eu nunca forço a Ana a fazer nada. Bom dia, meninas, agora nós vamos na roda-gigante.

Capítulo 23

Antonio empurrou a cadeira de rodas que carregava Ana para trás da roda gigante. Ouviu o ruído da borracha arranhando o asfalto o tempo inteiro. Estava na hora de trocar esses sapatos. Era muito importante que Ana tivesse bons sapatos.

— O que eu não faço por você, viu, Ana.

Antonio acendeu um cigarro. Gostava de levar o Zippo consigo quando saía de casa. Ficava brincando de abrir e fechar a tampa, observando a chama formar-se. Era um bom jeito de ocupar as mãos quando ficava nervoso. E ficava nervoso com certa frequência.

Ele expirou a fumaça lentamente, com os cotovelos apoiados no suporte da cadeira de rodas.

— Suas amigas são foda, viu? Se metem em tudo. Por que as pessoas têm que se envolver no relacionamento dos outros?

Tragou mais uma vez.

— E você nem pra fazer nada, né? — Bateu as cinzas com o dedo indicador, automaticamente.

— Não sei se tá dando certo. Entre a gente, digo. Faz tanto tempo que a gente não faz nada interessante junto. Você tá parecendo uma dondoca que vive em função de mim. Nem desenha ou escreve mais. E eu te incentivei tanto.

Enquanto falava, as cinzas do cigarro iam se juntando em uma fina camada sobre o cabelo de Ana, agrisalhando seus fios loiros. Foi a primeira vez que Ana ficava verdadeiramente em silêncio diante de Antonio. Não discordava, como fazia no início do relacionamento, nem concordava. Sequer emitia qualquer som. Seus olhos vazios apenas encaravam o horizonte, estáticos.

— Não vai responder, não? — ele exigiu.

Olhou para baixo, irritado, quando percebeu o pó na cabeça de Ana. Bufou e passou a dar tapinhas nela com a mão livre. Misturada ao cabelo oleoso, a sujeira demorava a sair.

— Até limpar a porra da sua cabeça sou eu que tenho que fazer. Por isso que você virou uma chata.

— Ei, moleque! Tá fazendo o que, fumando aí embaixo?

Antonio assustou-se quando viu o segurança do parque caminhando rápido em sua direção. Ele nem sabia que havia seguranças em parques de diversão.

— Me ajuda, Ana, você nunca faz nada.

Antonio pegou o braço da namorada e fez Ana acenar para o guarda.

— Tá tudo bem, moço! — disse Antonio, alterando o tom de voz. — Minha namorada tava passando meio mal e precisava descansar na sombra um pouco, mas agora ela tá bem. Já vamos sair.

— Então sai rápido. Não pode fumar aqui embaixo não, que é coberto. É ar livre, mas é coberto. Tipo um toldo. E regras são regras, viu? Achou ruim, reclama com o governador.

— *Tamo* indo, *tamo* indo.

Antonio jogou a bituca de cigarro no chão e apertou-a com o pé.

— Na minha frente, moleque?

— É pra dar trabalho pro gari.

— Eu sou o gari. E já tenho bastante trabalho sem você emporcalhar tudo. Recolhe essa merda aí.

Contrariado, Antonio abaixou-se e guardou o lixo na bolsa de Ana, junto com os celulares e as carteiras dos dois. De peso, bastava a namorada.

Enquanto saía do parque, ele ouviu o risinho discreto da garota na cadeira de rodas.

— Agora você reage, né?

O riso de Ana acompanhou-o da saída do parque até a porta de casa.

Capítulo 24

— A gente precisa falar pra alguém! Fazer alguma coisa! Qualquer coisa! — berrou Taís.

Ela segurava o cabelo de Gabriela para que não caísse dentro do vaso sanitário. Suas mãos tremiam tão violentamente que faziam o topo da cabeça de Gabriela quicar na beirada da porcelana.

— Eu tô dizendo isso há dias — disse Gabriela, baixinho.

Sua voz ecoava do assento e rebatia nas paredes de azulejo como uma praga.

Gabriela afastou as mãos da amiga e sentou no chão sujo do banheiro público. Respirou profundamente com os braços largados ao longo do corpo. Taís sentou ao seu lado e começou a puxar o próprio cabelo das têmporas.

— Cara, ela tá morta! Toda podre! Tinha um vermezinho na boca, você viu?!

Taís gritou por eras, como tinha gritado desde o momento em que Antonio arrastou o corpo da amiga de infância para longe delas. Gabriela não conseguia responder. Tentava concentrar-se na própria respiração, não queria colocar as tripas para fora.

— Como ela se sujeitou a isso? — perguntou Taís, quase perdendo a linha.

— Acho que ela não teve escolha — respondeu Gabriela, olhando para o chão.

Taís finalmente parou de falar. Como ela poderia não se sujeitar? O silêncio encheu o banheiro como uma catedral. Ouvia-se apenas o pingo insistente de uma pia defeituosa, amplificado milhões de vezes na vergonha.

— A gente tem que contar pra alguém — Taís falou, finalmente, e sentia a própria pele apodrecer. — Pros pais da Ana, pra polícia, pra delegacia da mulher. Botar na TV, na internet, qualquer coisa!

— Mas, Taís, quem é que vai acreditar na gente?

Capítulo 25

Antonio gostava que Ana ficasse quietinha enquanto ele fazia o que tinha para fazer. E ainda podia mudá-la de lugar sempre que quisesse. Era maravilhoso. Principalmente agora que ele estava começando a cansar dela. Amor, é claro, sempre existia, mas ele começava a questionar o que mais poderia haver no mundo além do corpinho pequeno de Ana. Afinal, ele nunca tinha beijado uma mulher de olhos verdes.

Olhou-a dentro da banheira, o rosto virado para baixo, as roupas boiando na superfície do formol. O cheiro. Tinha isso também. Não havia mais perfume no mundo que bloqueasse aquele cheiro. Os tornozelos boiavam para fora da água. Ainda macios, as plantas e os dedos permaneciam submersos como a cauda de uma sereia. Apesar de seus muitos defeitos, os pés continuavam perfeitos.

Antonio deslizou o dedo indicador pela planta dos pés molhados. Como era bom ter uma namorada desmontável.

Ele voltou para o sofá. Ligou a TV num pornô qualquer. Uma mulher completamente diferente de Ana. Bochechas grandes e olhos verdes. Mais parecida com a garota que namorava antes de Ana. Gostava dos pés de Ana. Abriu o zíper da calça e acariciou-se com os dedos mortos. Viva, Ana sempre reclamava que estava desconfortável. Era muito melhor sem o resto do corpo.

Capítulo 26

— Nossa, filha, que cara é essa?
Até hoje, Gabriela tivera bastante sucesso em esconder os sentimentos quando estava triste. Na verdade, era bem simples. Bastava passar silenciosamente pela sala enquanto o pai via TV, como ele fazia todos os dias, entrar no quarto e ficar lá dentro por algumas horas até o rosto desinchar.
Mas hoje foi impossível. Gabriela estava completamente fora de si, além de estar com uma ferida no lugar onde Taís havia batido a cabeça dela na privada. O sangue escorria por trás da orelha e descia pelo pescoço, manchando um cantinho da gola da camiseta azul-marinho. Gabriela estava preocupada demais com outras questões para pensar na possibilidade alarmante de uma infecção.
Gabriela olhou para o chão, abriu a porta e pôs um pé para dentro do quarto.
— Não é nada, pai.
Então aconteceu uma coisa que ela nunca conseguiria prever. Seu pai desligou a televisão.
— É problema de menino, Gabi? Você sabe que pode falar pro seu pai.
Gabriela não sabia, na verdade, que tinha essa liberdade. Nunca tinha contado nada íntimo para o pai. Ele nem sabia das recuperações da escola. Ou da menstruação. Muito menos sobre meninos.
Ela parou à porta do quarto. Virou-se devagar e encarou o pai. Os olhos enrugados olhavam-na de volta, com a benevolência de anos de tutela. Próximo, mesmo quando estava distante.

Gabriela voltou a chorar. O pai levantou do sofá e abraçou-a ternamente, acariciando a cabeça machucada.

— Homem não presta, princesinha. Só eu.

Gabriela finalmente juntou forças para falar.

— A Ana morreu, pai. O namorado dela tá carregando ela, como uma boneca. Eu e a Taís... A gente viu os dois no parque de diversões hoje. Foi horrível!

Gabriela ouviu o pai prender a respiração por um momento.

— Por que você não toma um banho, filha? Tira essas coisas ruins da sua cabeça. Água lava tudo.

— Mas, pai! A gente tem que FAZER alguma coisa.

— Filha, a única coisa que a gente pode fazer é denunciar pra polícia e cooperar com a investigação. Com certeza os pais da sua amiga já estão cuidando de tudo.

Ela sabia, é claro que sabia. Já estava até acostumada às pessoas fazerem pouco caso dela. Quando reclamava de alguma coisa, só era ouvida se a Taís ou a Ana levantassem o mesmo problema. Extrapolava na gentileza, mas era sempre vista como agressiva ou exagerada. Mas ouvir aquelas acusações do pai, que tampouco era levado tão a sério...

— Mas eu v-vi! A caveira que s-sobrou da cara dela! Bichinho saindo da boca! Eu vi!

— Eu sei, Gabi, mas é melhor a gente não se meter nesse tipo de coisa quando não é chamado. Só dá dor de cabeça pra gente.

— PAI!

Gabriela soltou-se do pai violentamente e entrou no quarto. Bateu a porta atrás dela. Colocou a cadeira para segurar a maçaneta quando o pai ameaçou entrar.

— Gabriela! Abre essa porta agora! Pelo menos tome um banho!

Como sempre fazia, Gabriela chorou por horas até

que fosse esquecida. A infecção, que estava apenas esperando para acontecer, era o último dos seus problemas.

Capítulo 27

Dona Bete estava guardando a louça do jantar quando ouviu o filho entrar pela porta dos fundos. Geralmente ele entrava, sentava no sofá e assistia a um filme. Apesar de ter sua própria TV no quarto do puxadinho, Dona Bete tinha comprado a TV grande da sala especialmente para o filho, já que ela mesma só assistia à novela no aparelho do próprio quarto.
Mas hoje Antonio não ligou a televisão.
Dona Bete ouviu a chave girar na porta da frente.
— Vai sair, filho?
— O André tá dando uma festa. Vou lá na casa dele.
Ela colocou a cabeça para fora da porta da cozinha. Estranhou que a namorada, sempre companheira, não estava com Antonio.
— A Ana não tá aí? Ela não vai com você?
— Ela tá dormindo, mãe. Tá cansada.
Dona Bete saiu da cozinha e beijou o rosto do filho, com cuidado para não amarrotar a camisa preta de que o rapaz tanto gostava.
— Eu vou sair com seu pai também — ela contou. — A gente vai comemorar que ele ganhou o caso do advogado que dizem que matou a namorada lá. Talvez a gente só volte amanhã.
Mandou uma piscadela para o filho.
— Que nojo, mãe.
— Que foi? — ela disse, com as mãos nos quadris e um sorriso sarcástico no rosto. — Só você pode se divertir?
— Não, mas prefiro não pensar em você assim — ele

disse, andando em direção à garagem.

No puxadinho dos fundos, Ana boiava de barriga para baixo na banheira de formol. Seus olhos leitosos encaravam as possibilidades infinitas que viriam depois do ralo.

Capítulo 28

Chorando, Gabriela pegou o telefone da bolsa. Apertou a tela com dedos trêmulos.
— Tia Paulina? Eu sei onde sua filha está.
Gabriela afastou o celular do rosto. Do alto-falante, a voz de Paulina ressoava estridentemente pelo quarto durante o que poderiam ser horas. Gabriela lembrou-se do motivo de nunca ter passado mais tardes na casa de Ana.
Desejou poder passar pelo menos mais uma tarde na casa de Ana.

Capítulo 29

Melina tinha bochechas grandes e olhos verdes.
— Você mora com sua mãe? Que fofo! — ela quase se exaltou, levemente embriagada.
— É ela que mora comigo.
Os dois riram. Antonio indicou o caminho para o puxadinho dos fundos. Melina tropeçou em um pé de areca recém-plantado no canteiro. Os dois voltaram a rir, mais alto dessa vez. Ele não se importava em fazer pouco barulho. Dona Bete nunca tinha reclamado, embora ele soubesse do sono leve da mãe.
— Tá um cheiro esquisito aqui — ela disse, logo que entrou no quarto. — Você tá precisando mesmo de uma mulher, né?
— Tô, sim.

Antonio puxou-a pelo braço. Mais tarde, ela perceberia a mancha roxa. Ele puxou o cabelo da nuca de Melina, forçando seu rosto para cima. Beijaram-se violentamente, um beijo cheio de dentes. Melina gostava de amores brutos. Gostava de sentir o poder apertando os braços e os seios, a fúria de ter as roupas quase rasgadas para fora do corpo, o desejo entre as pernas. Por alguns momentos, sentia-se insubstituível, perseguida por um animal morto de fome.

Mas Melina também precisava muito usar o banheiro. Rindo, desculpou-se e perguntou onde ficava. Antonio abraçou-a mais forte, acariciou seu sexo para que ela não fosse embora. Mas Melina realmente precisava usar o banheiro. Tinha ficado tempo demais no bar. Desvencilhou-se de Antonio e dirigiu-se até a única outra porta do recinto. Antonio começou a segui-la, rindo. Ela chegou mais rápido e fechou a porta atrás dela.

O cheiro era ainda mais forte dentro do banheiro. Ele realmente precisava que alguém limpasse aquele lugar. Será que ele não tinha mãe?

Melina fez xixi, lavou as mãos e limpou o lápis do olho que sempre borrava no cantinho. De sutiã, começou a arrumar o cabelo. Percebeu a cortina da banheira. Será que o cheiro vinha de lá?

— Meliii-na!

Desde o bar, Antonio só a chamava cantando.

— Por que você tá demorando tanto, Meliii-na?

Melina andou até a cortina. O cheiro era nauseante. Com certeza vinha de lá. Puxou a cortina.

— Meliiii-naaa! Tô aqui de pau duro te esperando, Meliii-naaa!

Melina abriu a porta com força, empurrou Antonio. A adrenalina tinha cancelado o efeito do álcool.

— Que isso, Melina? Tá de TPM?

Melina correu pelo quarto catando as roupas pelo chão. Cruzou o quintal e a cozinha a passos pesados. Colocou o vestido enquanto andava.

Antonio correu atrás dela, segurou a porta da frente com a mão.

— Fica, Melina, tá tudo bem.

— Me deixa sair a-go-ra!

— Não grita que você acorda minha mãe — ele mentiu, sabendo que os pais só voltariam para casa no dia seguinte.

Ela bateu no braço dele.

— Me deixa sair. Eu é que não vou ser o próximo corpo na sua banheira.

— O que, Melina? Não tem ninguém na banheira!

Ela olhou para Antonio, desacreditada. Aproveitou um segundo de recuo e abriu a porta, saindo para a rua. Na escuridão, Antonio a viu discar qualquer coisa no celular. Respirou fundo. Pelo menos ele tinha beijado uma menina de olhos verdes.

Quando deu por si, estava com as mãos ao redor do pescoço dela, os olhos verdes avermelhando-se sob a lâmpada de sódio. Imaginou como seria olhar Melina de cima em outras situações. Se ela carregaria a mesma expressão de espanto engasgando em seu pau.

Antonio sabia que podia contar com Glória, a empregada da vizinha, para lavar o sangue de Melina que sobrou no meio-fio da calçada depois de ele ter terminado o que precisava ser feito. Cavar o canteiro da mãe fundo o suficiente foi uma tarefa muito mais difícil do que carregar o corpo da adolescente de volta ou mesmo replantar a areca no mesmo lugar. Antonio ficou chateado de ter que enterrar a camisa preta favorita junto com a garota que acabara de conhecer.

Voltou para o quarto, entrou no banheiro e viu a

cortina escancarada. Ana continuava boiando lá dentro, esquelética, sem um dos pés. Ele estava apodrecendo em algum lugar embaixo da cama.

— Porra, Ana — gritou Antonio, sem se preocupar em acordar ninguém. — Você sempre estraga tudo.

Capítulo 30

— Não acredito que seu pai não quis fazer nada — disse Taís.
— Burra fui eu de pensar o contrário — respondeu Gabriela.
— E a Tia Paulina?
— Ficou louca. Disse que era caso de polícia.
— Ainda bem que a gente tá aqui.

Enquanto esperava na delegacia, Taís tomou um gole da água morna do copo de plástico frágil, com cuidado para não o amassar e molhar toda a roupa. Era engraçado como órgãos públicos pareciam sempre estar uma década atrasados. As divisórias brancas, os telefones fixos, as impressoras barulhentas. Taís achou até que tinha ouvido um fax. Gabriela encolheu os ombros e apertou o assento do banco de espuma com dedos tensos.

— Eu odeio esse tipo de lugar. Será que ainda vai demorar muito?

As meninas logo avistaram Paulina, ainda mais alterada que o normal. Ela era forçada para o corredor, arrastada por dois policiais fardados, cada um apertando um de seus braços. O delegado, vestido de terno, falava com voz mansa:

— Mas, senhora, eu já te expliquei, nós não podemos fazer mais nada agora.

— É assassinato! Agressão! Lei Maria da Penha! — Paulina já não era muito boa em manter a voz baixa mes-

mo em dias comuns. — Vocês precisam me ajudar!
— A senhora já preencheu o B.O, deu um endereço. Nós prometemos fazer o que for possível, agora tem que esperar os procedimentos.
— É minha filha!
— Com todo o respeito, minha senhora, o que você acha que ela fez para ele ter que fazer isso com ela?
— Que diferença isso faz? — interveio Taís, em pé, do outro lado da delegacia.

Os policiais soltaram Paulina no corredor.

— Tenha um bom dia, senhora — respondeu o delegado, ignorando Taís. — E que Deus a proteja.
— Pelo menos ele, né?

Paulina pegou as duas meninas pelo braço e arrastou-as para fora do prédio. Gabriela sentiu as unhas vermelhas da mulher enterradas em sua pele, os seus batimentos cardíacos pulsando nos dedos.

— Esses homens nunca vão ajudar a gente.

Capítulo 31

Antonio não conseguiu mais ignorar a presença pungente de Ana na banheira de formol. A culpa por tê-la abandonado pesava como uma estátua fúnebre sobre seus pulmões. Ele se ajoelhou ao lado da banheira e desenhou círculos na superfície do formol. A carcaça de Ana boiava tranquilamente, suas mãos a centímetros dos dedos de Antonio.

Ele respirou fundo, dono de todo o tempo do mundo.

— Desculpa ter te abandonado, Ana — ele disse, devagar, segurando a mão morta da garota. — Mas era o que eu precisava.

Antonio nunca tinha se sentido tão sozinho na presença de Ana. Era como se ela nem estivesse lá.

— Me esculpa — ele insistiu. — Por favor. Desculpe pela Melina. Você tinha razão, nunca devia ter trocado você por ela. Você é que é a pessoa boa nessa história, não eu. Desculpe pelo Ano-Novo também. Eu não devia ter perdido a paciência e empurrado você. Fiquei nervoso quando você insistiu pra gente buscar sua amiga. Você sabe como eu fico às vezes, eu não consigo me controlar. É que eu não queria te dividir com mais ninguém. Quando vi todo o sangue escorrendo da quina da mesa daquele jeito... Eu não quis acreditar, Ana. Eu não pude. Eu ainda não posso.

Ele virou o corpo dentro da banheira. Moveu delicadamente os fiapos escassos de cabelo que envolviam seu rosto. Encarou profundamente os buracos onde estiveram seus olhos.

— Estou com saudades, Ana.

A pele de Ana estava toda cinza e enrugada, repuxada sobre a carne que quase não existia mais.

Antonio tirou-a da banheira e envolveu-a nos braços. Sentiu a memória do cheiro de sol em seus cabelos, a lembrança de sua pele quente e o toque dos seus seios que um dia foram tão macios.

Ele tirou sua blusa devagar.

— Como pude te abandonar, Ana?

Capítulo 32

— É essa casa aqui mesmo, Tia — disse Gabriela, conferindo o endereço que Ana tinha lhe dado há algumas semanas, para comemorarem o Ano-Novo.

Ela e Taís estavam nervosas. Tia Paulina estava lívida. Não quis esperar a polícia resolver nada, precisava agir agora. Como sempre, as mulheres estavam munidas apenas da própria coragem.

Bateram na porta.

Silêncio.

Tocaram a campainha.

A grama ao redor da casa secou enquanto esperavam do lado de fora.

Paulina tocou a campainha insistentemente.

A porta abriu-se.

Gabriela desejou muito que a senhora que acabara de abrir a porta limpasse o delineado azul-celeste borrado abaixo dos olhos.

— Pois não? — disse a senhora, com um enorme sorriso.

— É aqui que mora o Antonio? — perguntou Paulina, como uma general do exército sem paciência depois de ver mil de seus homens morrerem em batalha.

— O que vocês querem com meu filho? — exigiu Dona Bete.

Capítulo 33

Gozar entre seus seios sempre foi um prazer especial. Abrir caminhos, preencher buracos. O sexo depois da briga tinha que ser ainda mais especial. Antonio pressionou o corpo contra o esterno de Ana. Forçou-se na carne frágil, entre as costelas. Queria entrar nela como nunca tinha entrado. Abrir a pele, meter entre as fibras da carne.

— Eu te amo, Ana.

Puxou o corpo endurecido para frente e para trás sobre o seu, as pernas dela ainda mergulhadas no formol. A cabeça pendia para trás, a boca aberta, seus olhos ocos encarando o teto do banheiro.

Esfregou o pau no coração murcho, deslocou os pulmões e o fígado. Despedaçou os órgãos internos podres

com a intensidade de seu desejo.
— Nunca vou te abandonar, Ana. Nunca.

Capítulo 34

— Onde está minha filha, sua bruxa? — esbravejou Paulina, incapaz de manter a voz calma.
— Quem é sua filha? — Dona Bete debochou. — Pensei que a menina nem tivesse mãe.
— Eu sei que minha filha está aqui.
— Ela está aqui há semanas. Como é que você só inventou de vir agora?

Taís puxou Gabriela pelo braço. Enquanto as adultas trocavam insultos, elas precisavam encontrar Ana.

A casa era maior do lado de dentro do que parecia por fora. Gabriela evitava pensar em como poderiam encontrar a amiga. Enfiada em qualquer armário, embaixo de alguma cama, em pedaços dentro de uma cômoda.

Abriram cada porta de cada móvel dentro de cada quarto. Os berros de Dona Bete e Tia Paulina ressoavam da entrada da casa em defesa de suas crias. Elas estavam, Taís sabia, apenas defendendo o próprio orgulho.

— Será que ele se livrou dela? — disse Gabriela, exausta de tanto procurar fantasmas.

Ana tinha que estar na casa. Tinha que estar.

Taís indicou a porta dos fundos.

Capítulo 35

Dona Bete sabia o que tinha que fazer agora. Precisava tirar aquele monte de mulher histérica da sua casa, de cima do seu pimpolho. Não sabiam que era falta de educação vir entrando assim, dentro da casa de alguém, dando ordens?

Dona Bete viu as meninas escapando pela porta de trás. Ela bem sabia que nunca deveria ir até o quarto do filho. Antonio detestava ser incomodado. Umas intrometidas, isso depois de revirarem a casa inteira. Se elas sumissem, tinha certeza de que suas mães só perceberiam depois de vários meses. Igual a essa velha louca que não parava de gritar. Se é que tinham mães.

Dona Bete sabia, é claro, que Ana estava lá. É claro que sabia. Estava lá há semanas. Só não sabia em que estado. Nunca mais entrava para comer, não saía mais de casa, Antonio sequer levava comida para ela. Tinha até um pouco de medo do que as meninas poderiam descobrir.

Mas a sua parte ela fazia. Cuidava do filho. E essa era sua missão na terra: cuidar da prole. Proteger seu menino de todos os males do mundo. Até de si mesmo.

Capítulo 36

Gabriela e Taís atravessaram o quintal até o puxadinho dos fundos. O cheiro ficava mais forte a cada passo. Cheiro de suor e porra, de lençóis que nunca são trocados, louça suja de dias sem voltar à cozinha. Era o cheiro do armário do meio-irmão de Gabriela, o cheiro que ele ficava quando voltava do futebol. O cheiro que mais tarde ela reconheceria quando recebesse homens em casa.

Taís abriu a porta com cuidado, para evitar fazer barulho. Ouvia-se baixinho um *rock* alternativo triste que as meninas sabiam não ser do gosto de Ana.

O quarto era pequeno. Uma cama bagunçada, roupas jogadas pelo chão e uma toalha molhada em cima de lençóis sujos. Um armário abarrotado e uma escrivaninha cheia de papéis, pratos sujos, uma TV e alguns livros jogados. Não passavam de vinte livros. Dostoiévskis e

Schopenhauers sem ler, Machados e João Ubaldos marcados à caneta. Um *Mein Kampf* disfarçado entre os papéis.

Colado com durex transparente na parede, as meninas reconheceram o traço de Ana. Era um desenho do casal feito no início do relacionamento. Dava para reconhecê-los pelas roupas. Mesmo no desenho, Ana estava triste. Era o único resquício dela pelo quarto.

Capítulo 37

Dona Bete corria para o quintal aos pulos. Precisava proteger o filho. Precisava. Atrás dela, Paulina perdia-se no labirinto da casa desconhecida. Ameaçava Dona Bete com todo o seu dinheiro e seus advogados. Dona Bete também tinha advogados. Todos na sua família eram advogados. O próprio marido era advogado. O único defeito do filho era não ter sido advogado.

Dona Bete colocou a mão na maçaneta. Paulina forçou seu braço e abriu a porta com força, deixando uma marca profunda no braço da antagonista.

— Esse quarto tá um nojo — desdenhou Paulina. — Até parece que seu filho não tem mãe.

— E cadê a mãe que nunca veio buscar a filha que divide o nojo do quarto?

Paulina nunca tinha batido em ninguém além dos próprios filhos.

Capítulo 38

Taís sabia que seu maior arrependimento viria quando abrisse a porta entre a cama e a escrivaninha.

Taís segurou a mão de Gabriela e abriu a porta.

Taís e Gabriela levaram meses para conseguir voltar a dormir. Todas as noites depois daquela, elas alternavam entre qual das duas acordaria suando frio e sem fôlego. A imagem ficou gravada à lâmina de barbear no fundo de seus olhos. Era diferente dos filmes que as meninas assistiam escondidas de madrugada. Diferente dos livros de zumbi. Diferente de todos os jogos.

Antonio atravessava Ana como uma estaca. Puxava-a para perto de si ritmicamente, em um ritual fúnebre. Taís sentiu seu próprio corpo ser violado. Gabriela gritou para aquietar o estômago que insistia em escapar pela garganta. Só então Antonio parou o que estava fazendo. Não amoleceu.

De trás da porta, Paulina empurrou as meninas, abrindo caminho para a banheira. Dona Bete vinha logo atrás dela, agarrada às beiradas da sua blusa vermelha, arranhando seus braços.

Paulina empurrou Antonio para longe do cadáver da filha. Levantou seus restos da banheira. Ajoelhou-se no chão com o corpo putrefato. Não parava de gritar.

— Minha filhaaaaa! Minha pobre filhaaaa!!

Dona Bete empurrou o filho para o quarto e obrigou-o a fechar as calças. As meninas afastaram-se de Paulina. Gabriela não parava de tremer. Taís apertou a mão da amiga e posicionou-se em frente à porta para velar o luto de Paulina.

Não amoleceu.

Epílogo

Gabriela achava irônico quando o dia estava tão bonito em ocasiões tão tristes. Queria que estivesse frio, nublado e chuvoso, para combinar com sua roupa preta e sua desolação.

Taís tinha um buraco na boca do estômago do tamanho de Ana.

Paulina chorava alto do outro lado do caixão. Segurava um lenço de papel e soluçava como se não admitisse que ninguém mais sentisse sua dor.

A família teve o bom-senso de fazer uma cerimônia de caixão fechado. Nada que o agente funerário fizesse conseguiria disfarçar o estado avançado de decomposição do corpo de Ana. Isso sem contar as marcas de mutilação e abuso.

O coveiro jogou a primeira pá de terra fresca sobre o caixão.

— Minha filhaaaaa! Minha pobre filhaaaaa!

Paulina gritava. Com as mãos em seus ombros, seu marido olhava o caixão atônito, morto como a filha.

Gabriela esticou a mão para segurar a de Taís. Taís puxou-a para um abraço e, pela primeira vez em meses, começou a chorar.

— É tudo culpa nossa, Gabi.

Taís soluçava e seu corpo inteiro tremia.

— Se a gente não tivesse *panguado* e enrolado tanto tempo, a Ana nunca estaria nesse estado.

Gabriela não conseguiu responder. Acariciou as costas da amiga e molhou o cabelo dela com as próprias lágrimas.

O som molhado de terra macia caindo sobre madeira perpetuou-se pelo cemitério. A cada batida, a certeza de que a amiga jamais retornaria tornava-se mais palpável.

Depois de estações inteiras, Taís levantou a cabeça do ombro da amiga e secou os olhos com as mãos. O velório já ia esvaziando-se e sequer dava mais para ouvir os gritos de Paulina, que fora arrastada para fora do cemitério pelo restante da família.

Do outro lado do gramado e atrás da meia dúzia de pessoas que sobraram ao redor do caixão, Taís viu Antonio chegando.

Ele parecia deslocado, segurando um buquê de damas-da-noite na mão esquerda e fumando compulsivamente com a direita.

— Não acredito que ele veio aqui.

Taís soltou Gabriela. Gabriela enxugou os olhos e virou-se devagar. Como ele tinha coragem?

Nos próximos meses, as famílias de Ana e de Antonio disputariam na justiça quem tinha mais dinheiro e mais advogados. Mas, por enquanto, Antonio ainda respondia ao processo em liberdade e conseguia sair de casa com a cabeça parcialmente erguida e dirigir-se ao cemitério mais próximo. Sequer suspeitavam do desaparecimento de Melina.

Taís soltou-se de Gabriela, deu o primeiro passo pesado com o *All Star* de cano alto. Gabriela pôs a mão em seu braço.

— O que você pensa que tá fazendo?

— Qualquer coisa que não fiz até agora.

— Ei, já foi. A única coisa que a gente pode fazer agora é não deixar mais esse tipo de coisa acontecer no futuro.

— Ele é a pior pessoa do mundo, Gabi — concluiu Taís. — Ele conta uma mentira como se fosse uma verdade.

— Ele é sim.

As meninas continuaram olhando Antonio de longe, inconfundível. Taís massageou as próprias mãos tensas. Depois de um momento de silêncio, perguntou:

— Promete?

— Que ele é a pior pessoa do mundo?

— Isso também — Taís até soltou um risinho fraco.

— Que a gente nunca mais vai deixar isso acontecer.

— Com ninguém.

Gabriela passou o braço em volta dos ombros de Taís para que elas saíssem do cemitério juntas. Os últimos convidados do enterro saíam devagar. O coveiro apertou a terra sobre o caixão.

Antonio permaneceu sozinho no cemitério com seu cigarro, suas damas-da-noite e Ana, trancada em uma caixa de madeira a sete palmos sob o solo, onde homem nenhum poderia tocá-la.

Fazia um lindo dia de sol.

SAFRA
VERMELHA

AVEC
EDITORA